災間に生かされて

赤坂憲雄

AKISHOBO

目次

夜語りの前に

第一夜　しなやかにして、したたかに。汝の名は

第二夜　東北から、大きなさみしさを抱いて

第三夜　渚にて。潟化する世界のほとりで

第四夜　民話という、語りと想像力のために

第五夜　遊動と定住のはざまに、生きよ

夜語りの前に

災間を生きるために

今宵（こよい）は夏の踊りの前夜とか。呟きの前口上から始めましょう。

たとえば、言葉について思いを揺らしているとき、ふと考えるのです。東日本大震災とは、いかなる体験であったのか。それはなにより、わたしたちの言葉のうえに巨大な影を落としているのかもしれない、と。言葉が荒くすさんできた、と感じる瞬間があるのです。眼の前で起こっている現実になんとか向かいあうための言葉ではなく、そこから、とにかく視線や意識を逸らし稀釈するための言葉があられもなく総動員されている、そんな気配を感じるのです。いずれであれ、言葉への信頼は大きく損なわれています。言葉たちは擦り傷だらけで、ときには血を流し、わけもなく足蹴にされ、途方に暮れています。

その起点には、東京電力福島第一原発の爆発事故があった、とわたしは考えてきました。

そのとき、わたしたちはそれと気づかずに、あまりに多くの虚偽と隠蔽と野蛮を目撃することになりました。原発が爆発し、メルトダウンを起こし、膨大な放射性物質が撒き散らされました。しかし、そこに広がり転がっている現実がきちんと言語化されてきたとは、とうてい思えません。言葉は現実に拮抗しながら、いま・そこに踏みとどまることに、無惨なまでに失敗してきたのです。それと意識することもならずに、呆けたような思考停止と沈黙を強いられてきたといえるでしょうか。

いま、わたしたちは身の丈の言葉を取り戻すためのささやかな戦いを、それぞれの生きてある現場から始めるしかないのかもしれません。

災後という言葉がいっとき語られて、すぐに忘れられました。それはいやおうなしに、戦後との対比を求められる言葉でした。戦後は明るかった、とだれもが語ることに驚かされました。食うや食わずの厳しい現実に取り巻かれながら、世の中は大きく変わってゆく予感に満ちていた、だから、人々は前向きな生き方を選ぶことができた、そんなことを語る人にくりかえし出会ったのです。災後にも、ほんのつかの間でしたが、変化への期待が生まれたことを思いだします。いい方向に変わるきっかけになれば、とわたし自身も思い、そのために働くことを夢想したこともありました。しかし、長くは続かず、変化への期待は萎んでいきました。災後はあきらかに、暗い不安に満たされています、将来への希望やビジョンがどうやらどこにも存在しないらしいことに、だれもが気づいています。

それはいずれ、底なしのさみしさに覆われています。そんなとき、わたしは災間という言葉に出会ったのです。わたしたちは災害のあとを生きているのではなく、災害と災害のあわいを、それゆえに災間を生かされているのではないか。わたしはこの災間という言葉を、仁平典宏さんの「〈災間〉の思考」(『「辺境」からはじまる』明石書店、二〇一二)によって知らされました。わたしのなかに生まれていた漠然とした不安やさみしさは、なにに由来するのか、と問いかけてみます。東日本大震災と、いずれ避けがたく起こるはずのあらたな災害との幕間(まくあい)を生かされているのではないか、そんな感覚に逃れがたく捉われていました。とはいえ、その災害のなかに、新型コロナウイルスのような感染症が含まれているなど、思いも寄らぬことでした。地震や津波と、新型コロナとは災害(天災/人災)として括ってみても、およそ同じ枠組みの言葉では語りえぬものであることは、すぐにわかりました。

災間を生きる、いや災間に生かされる思想の構えは、来たるべき災厄の訪れを予期しながら、つねに備えを怠らずに、いまを生き延びてゆくことが、自明な前提となるはずです。

それに耐えられるような、持続可能でしなやかな社会を構想することが求められています。仁平典宏さんは、災間の時代に求められているのは、弱者を基準として、社会的に多様な「溜め」や「遊び」を用意することだ、と語られていました。しかし、三・一一以後の荒々しい現実は、それとは真逆の方向へと転がってきたようです。自己責任の名のもとに個人にリスクを負わせることを正義と見なすような発想が、加速度的にわたしたちの社会の表層を覆い尽くしてきました。そこでは、つねに社会的な弱者たちがだれよりも痛みを強いられるのです。

中世の訪れを予感し、抗いながら

これから訪れる世界には中世の匂いがする、などといえば、笑われるでしょうか。それは民話ではなく、狂言の笑いにこそ親和的な気がするのです。唐突な物言いですね。わたしが頭に浮かべているのは、たとえば、佐竹昭広さんの『下剋上の文学』（筑摩書房、一九六七）の「弱者の運命」と題された章の、以下のような一節です。中世という乱世を生かされる人々の姿が、弱者という視座から浮き彫りにされています。その救いなき世界の底からたちのぼる異形の笑いに、絶望するか、逆に希望を見いだすか、それが分かれ目になることでしょう。

弱者が善人の範疇にふくまれ、さまざまの恩寵に浴して、ついに最後の勝利者となるという発想法は、伝統的かつ本質的に昔話のものである。〈略〉しかし、しょせん、それは、現実とはなんのかかわりもない架空の世界、御伽ばなしにとどまるではないか。現実は、弱者が弱者の資格において、なんの苦もなく成功できるようななまやさしい時代ではなかった。弱い者、愚かな人間には絶対にすくいのない世の中であった。神仏も頼みにならず、祈りも無効である。致富栄達のパス・ポートは、ただ、本人の才能であり、知恵であり、敏捷さであり、狡猾さであり、勇気であり、暴力である。合理主義と実力主義、これが乱世というジャングルに通用するおきてだった。冷酷な現実世界に背を向けて、ともすれば夢の代理経験にあそぼうとする御伽草子とは反対に、狂言は、時代の現実にま正面から対決し、下剋上の自由狼藉世界から落伍してゆく者を遠慮会釈もなく笑いとばす。臆病者は物笑いのたねとなり、お人よしはだまされ、田舎者はばかにされ、片輪者は翻弄され、こまっているものはこれでもかこれでもかといじめられる。

中世は弱き者や愚か者にとっては、絶対に救いのない世の中であったのです。乱世の弱肉強食のもとでのたったひとつの掟は、その人の才能や知恵、敏捷さや狡猾さ、勇気や暴力といったものを迷わず肯定することでした。下剋上の世から生まれる笑いは、落伍者・臆病者・お人好し・田舎者・片輪者・困窮する者らを、容赦なくいじめ抜くことでしょう。昔話の牧歌的な笑いは、中世にはあくまで無力であり、そんなお花畑は足蹴にされるべきものと信じられていたのです。

この時代には、すくなからぬ人たちが無意識に、そうした中世的な世界の訪れを先取り的に予感しているのかもしれない、と思うことがあります。この国の人々が、他者に救いの手を差し伸べることにたいして、きわめて無関心かつ冷淡であることが、しばしば統計的な裏付けをもって指摘されます。これはおそらく、とても深刻な現実です。そんな頼りにならぬ昔話的な救いを渇望して、裏切られるよりは、狂言の描きだす救いなき世界の残酷を避けがたい現実として受け入れておいたほうが、すくなくとも裏切られることはありません。わたしはじつは、ひたすらディストピア的な未来を描くＳＦ映画をよく観ています。あらかじめどん底に触れておくことで、耐性がつくことでも期待しているかのように。わたしたちの未来は捩れながら、メビウスの輪のように中世へと繫がっているのかもしれません。とはいえ、いまだ中世はかすかな予感にすぎず、その訪れを回避することはできるはずだとも思うのです。

わたしは仁平典宏さんの提示された災間という考え方に、いまも深い共感を覚えています。弱き人々を基準として、さまざまな溜めや遊びの仕掛けを凝らし、見えないアジールや入会地を創りだすことが、災間を彩る思想の核心であると考えています。自己責任という言葉のもつ暴力と抑圧をむきだしに顕在化させながら、国家が責任を回避しつつ、巧妙に弱者を切り捨てるシステムにたいして、たえざる批判と揺さぶりをかけてゆくことでしょうか。災間の時代であるからこそ、社会のさまざまな場所に溜めや遊び、隙間や無駄を埋めこんでおくことが大切なのです。社会のひずみが弱き人々に集中するリスクを分散させ、それと気づかずに吸収されてゆくような緩衝システムを構想しなければならないと感じています。

災間を生かされてある者たちは、やわらかく壊れる知恵や技術を必要としているのかもしれません。民俗学者の癖のようなものであることは、十分に自覚しています。それでも、民俗知には減災のための知恵や技術ならば、それなりの蓄積があるとも思うのです。

たとえば、ムラの谷川に架けられた木橋を思い浮かべてほしいのです。樹齢が百年を越える樹を伐りだして造られた丸太の橋は、橋桁(はしげた)が片側か両側か、なぜか固定されていなかったのです。大水の力をまともに受ければ、どんなに頑丈な丸太の橋であっても折れてしまうでしょう。それゆえ、あらかじめ大水で流されることを想定して、わざと橋桁を固定しなかったのです。橋は片方だけ綱で繋がれており、波の勢いに抵抗せずに、受け流すのです。たとえ、綱が切れて押し流されても、下流のどこか岸辺にでも漂着していますから、それを嵐が去ったあとに探しにゆき、回収するのです。いわば、木の橋はやわらかく壊れることを、あらかじめそのデザインのなかに想定として組みこんでいるのです。そうして、被害は最小限に抑えられ、たいして時を経ることなく復旧を果たすわけです。いわゆる減災をめぐる民俗知の一例といえるものです。

その対極のような光景に遭遇したことがあります。何年か前のことですが、石巻市で、どこまでも続く巨大な防潮堤と、そこに架け渡された巨大な鉄骨の橋を見たことがありました。津波に流された一帯は、もはや居住の許されないエリアとなっています。かつてそこに暮らしていたひとりの女性が、だれにともなく呟いたのです。「いやぁ、びっくりしたよ、あの橋、あんなに立派に造ってね、だれが渡って、どこに行くんだろうね」と。常民のさりげない呟きには、アイロニカルな批評がたっぷり充填されていました。その橋の向こうには、人はもう暮らせない、集落だってない、まったくのノーマンズランドになるのです。あの木橋とは、まさしく対極をなす鋼鉄の橋は、まるであの世へと架け渡された三途の川の橋のように眺められているのです。

そのとき、わたしはふと、太宰治の『津軽』を思いだしていたのです。津軽海峡に面した本州北端の外ヶ浜の荒々しい海辺で、太宰は呟くように考えたのです。これは、てんで風景にもなっていやしない、絵にも歌にもなりやしない、と。太宰はそこに、人間に飼われ、手なずけられたことのない野生の景観を見いだして、心を揺さぶられたのでした。わたしの眼前に広がっていたのは、それとは真逆の、まったく野生からは隔絶した、それゆえに風景とは呼びがたい代物だったような気がするのです。そのコンクリートと鋼鉄の造形物は、けっして人間に飼われ手なずけられることのない景観であり続けることでしょう。巨大な技術力によって、あくまで反‐野生的に造られながら、そこには人くさい風景への可能性だけはかけらも見いだされなかったのです。人間的であることが極限まで突き進められるとき、かぎりなく非人間的な景観が出現する、ということでしょうか。

コンクリートと鉄骨の巨大な建造物を前にして、わたしはしばし考えるのです。人々はかぎりなく海との隔絶を強いられます。防潮堤の外側の渚にも、内側にかつてあった村の跡にも、もはや住む人はなく集落も存在しないのです。そのさらに内側に、十数メートルもの土盛りがなされ、集団移転が進められても、少子高齢化と過疎化は避けがたく進んでいきます。そこにもノーマンズランドが避けがたく生まれてくるのです。震災以前から、三十年後の予測として語られていたことが、いま・そこにいきなり引き寄せられてしまっただけのことです。

だから、ときおり五十年後の八千万人の日本列島を想うのです。見えない分岐点に立たされている、と感じるのです。いま・ここでなにができるのか、なにをなすべきなのか。それを考えてみたいのです。足元が揺らいでいます。三・一一以前に戻ることはできないのです。震災からの復興のシナリオがどこにも存在しない、いや、来たるべき社会へのビジョンそのものが存在しないのです。成長から成熟へと、大きな転換のシナリオを模索してゆくしかないと思いながら、わたしは遠い奥会津の山深い村々を手探りに歩きはじめています。千人の村の未来に眼を凝らしてみたい、と考えています。

不安は数量化できない

東日本大震災が始まって数か月後に、あるランチミーティングの場で講演をしたことがありました。それは経済界のリーダーたちの集まりでした。わたしが一時間ほどの講演を終えると、だれも質問する人はなく、いくらかの沈黙のあとに、一人の方がマイクを握られました。名前を広く知られた有名な企業の、たしか経営者でしたか。かれのスピーチは、わたしの記憶に強く刻まれました。ただし、覚えているのは、「先生のお話には、一度も数字が出てきませんでした。ポエムですね。残念ですが、再エネは地域に雇用を生みません」という言葉だけです。

思えば、わたしの話にはいつだって、数字というものはほんの稀にしか出てきません。とはいえ、指摘されたこともなく、うかつにも気づいていませんでした。わたしは数字の裏付けなき言葉が、詩（ポエム）とひとくくりに呼ばれて、蔑まれていることを知ったのです。それ以降も、わたしの話には滅多に数字が出てくることはありません。いずれであれ、わたしはそのとき、心から、ならば詩人になりたいと思いました。だれに認められることもないままに、詩人になること、しかも詩を書くことのない詩人になることを願ったのです。

それから、会津で、原発から自然エネルギーへの転換のために、小さな電力会社をつくり、あらたな地域からの自治と自立を求める試行錯誤に加わりました。むろん、役立たずのわたしは裏方にすぎません。原子力に依存しない生活スタイルを、地産地消型の自然エネルギーを拠りどころとして創ってゆこうと考えたのです。傷ついた福島こそが、脱原発への転換の先進地となってほしい、と切ないほどに願いました。気がつくと、数年も経たずに、会津電力とその周辺には十人、二十人の雇用が生まれていました。ビジネスにおける、中央集権型のモデルから地域分散型のモデルへの転換ということが、大切なテーマになりました。わずかな収益であっても、それをシェアすることであらたな雇用が生まれるのです。福島から、未来の風景が生まれてくる、その草の根の現場になってほしいという思いは、いまも変わりません。

風評被害という言葉が、捩れながら、多様な小さな声を封じこめてきました。それは、あらゆる声を敵か味方かに分断するために、絶妙な力を発揮しています。とても見えにくい抑圧や暴力をもって、声の検閲がおこなわれています。たとえば、風評被害を助長すると何者かによって認定されると、それはただちに敵の声として排除されるのです。そうして、たくさんの小さな声たちが沈黙の淵へと祓い棄てられてきました。

放射能や放射性物質は見えないし、色もなく、形もなく、重さもありません。線量計によって数量化することなしには、その存在すら捕捉できないのです。だから、不安がつきまとうのは当然なのです。そして、不安はけっして数量化することができないことにも自覚的であるべきです。情緒的であるに決まっているのです。不安は情緒そのものであるのですから。

しかも、数字がしばしば、客観性やら学問的な装いやらを凝らしながら、巧妙に人を欺くことも知りました。数字は人を去勢し、思考停止の状態へと追いこんでいくのですね。数字を掲げて巧みに他者を批判する者が、なんとも恣意的に数字を操作しこねくり回す姿に遭遇して、脱力感に襲われたことが、幾度となくありました。ふくしまの声はいつだって数字に踊らされ、翻弄されてきました。それが原発事故以後の歳月を歪めてきたのではなかったか、と思うのです。

だから、とうてい、ふくしまの声など語ることはできません。だれも代弁者になどなれないのです。そのことの自覚からしか、どうやらなにひとつ始まらないらしい。恥じらいなしには語れない、などといえば、笑われるに決まっています。眼には見えないモノと対峙することを、日々強いられている場所では、その恥じらいの有無こそがリトマス試験紙になるのかもしれません。いや、放射能ばかりではないのです。見えないモノは、あちらにもこちらにも転がっていました。この世界には、こんなに見えないモノがあふれていたのか。そのことに気づかされたのも、震災のあとのことでした。

そういえば、震災後に、「植民地」という言葉に出会いました。隠語のように、そんな言葉を使っていた人々がいるのですね。「あなたのところは植民地があって、いいね」と、電力の供給エリアの外に原発をもつ巨大な電力会社にたいして、それをもたない電力会社の人々が羨望とともにいう言葉だと、教えられました。電力業界の周辺で働く、見ず知らずの二人の人がそこで証言してくれました。震災から間もないころ、隠されていたものがいたるところにむきだしに浮遊している、そんな曖昧模糊とした時間がありました。そのとき、偶然に目撃したこと、耳にしたことをけっして忘れることはないでしょう。

震災後には、なんと、たくさんの分断と対立の網の目が張り巡らされてきたことか、とあらためて思わずにはいられません。ある外交官の方が、その話をすると、典型的な植民地支配のやり方ですね、と呟かれました。震災後の東北には、とりわけ福島には、分断支配という名の、植民地的な現実が数も知れず荒涼として広がっていたのです。それはむろん、いまも変わらぬ厳粛な現実です。

さて、いささか堅苦しい前口上はここまでとします。

＊＊＊

これから幕を開けるのは、いわばまぼろしの講演会のようなものです。わたしはどうやら、荘重な静けさに包まれた能舞台のうえにいて、たどたどしい独り語りを始めるのです。舞台の袖には闇が寄せていて、聴衆はほんの数人、ちらほら見えるだけでありました。その独演会は五夜連続のささやかな催しだったのです。ときは、いまだコロナ禍が去りやらぬ真夏の、ちょうどお盆の季節でありました。数も知れぬ死者の声に耳を澄ましながら。

今宵は、夏の踊りの前夜とか。月明かりの下、仮想講演会へようこそ。

第一夜
しなやかにして、したたかに。汝の名は

能舞台に、橋がかりから、いや、うしろ戸から登場したのです。

異界を背負いながら、あの世からこの世を眺めることになりました。

しなやかにして、したたかに。汝の名は。

それは、たとえば、だれか親しい女の人かもしれない、なにか遠くから射しかかる文化の光かもしれない、それとも……。

東日本大震災のあと、まるで巡礼のように津波に舐め尽くされた海辺を歩きつづけたのでした。

巨大な災厄の影のもとで、人々はなにによって助けられ、励まされ、生かされているのか。

それを、そのうしろ姿を、ただ茫然として、くりかえし眺めました。

とりわけ、原発事故がもたらした、世界の終わりのような光景の底にいて、男性や父なるもの、政治などのひ弱さや無力さに遭遇したのです。

人は裸で存在の怯えにさらされるとき、もっとも深いところで、なにを乞いもとめるのか、と問いかけてみます。

そのとき、友は巡礼に

とても緊張しますすね。能舞台のうえですから。いつもの講演のステージとはまるでちがいますすね。橋がかりを歩かされたらどうしようかと思っていました。震災からの復興とか鎮魂とか、そんなテーマでつれづれにお話しさせていただこうと思います。不思議な講演のタイトルにしました。とても後悔しています。「しなやかにして、したたかに。汝の名は」。なかば衝動的に、なにかの思いに駆られて、こんなタイトルを選んでいました。とても困惑しています。汝の名とはなにか、というのは、最後に触れようと思います。ほんとうは、わたし自身が知らないのですが。

震災から三週間くらいが過ぎて、ようやく被災地を歩きはじめました。それから一年半ほどは、週の後半は、可能なかぎり被災地を歩いていました。なにをしていたのか、と問われると、とても困ってしまいます。なにもしていなかったような気がします。ただ、そこで起こったこと、起こっていることを、みずからの眼に灼きつけておきたい、聴こえてくる声に、すこしでも耳を傾けてみたい、という、ただそれだけだったような気がします。あとになって、自分は被災地を巡礼していたのか、と思うようになりました。たくさんの犠牲者が出た場所には、たいてい花が供えられてあって、小さな霊場が生まれていました。そんな小さな霊場を見つけると、かならず車を停めてもらい、かたわらに膝をついて、眼をつぶり手を合わせました。あの一年半はひたすら、その、手を合わせることだけで、過ぎてしまったような気がします。あの小さな霊場はみな、姿を消しました。

巡礼という言葉を気にかけるようになった、きっかけらしきことはありました。福島県のいわき市に、芸術家の友人がおりまして。かれの話を聞いたのは、震災から一か月足らずの四月初めでしたが、鮮やかに心に残りました。いわき市は東京電力福島第一原発から、近いところで三十キロほどの距離になります。爆発事故が起きたときには、情報がまるで届かず、市民のあいだに動揺が広がり、たくさんの人たちが避難をしたと聞いています。ただ、避難をしたとは口にしづらい状況がありました。わたしはその友人から、声をひそめるようにして、自分がいわきを離れたときのことを聞かされたのです。いわき市内の再開したばかりの飲み屋さんでした。

かれの奥さんが不安に駆られて、夜も眠れず、もうここにはいられないと言いだしたのです。二人は自家用車に荷物をすこしだけ積みこんで、ひそかに、いわきを脱出しました。まず東京に着いたけれど、落ち着かず、そこでも不安だということで、二人はすぐに東京を離れました。その後、かれらはどのような旅をしたのか。とても印象的でした。かれらは東海道をずっと南に下っていきました。まず熱田神宮に寄りました。それから、紀伊半島を南下して、伊勢神宮に寄ってお参りをしています。さらに熊野に向かい、那智の滝に詣でた、というのです。

たとえば、中世の説経節の「小栗判官（おぐりはんがん）」、その道行きを思い浮かべていただければ、わかるはずです。餓鬼阿弥（がきあみ）になった小栗判官が、土車に乗せられ、道ゆく人々に次から次へと綱を引かれて、東海道を下ってゆき、向かったのがまさに熊野本宮湯の峯でした。そこで、癒しを得て甦（よみがえ）るわけです。甦るとはむろん、黄泉（よみ）の国から還ってくることでしょう。日本文化のなかには、巡礼とか遍路と呼ばれている宗教的な救済の回路がありました。心やからだが危機的な状況に追いこまれたとき、その道行きをたどることによって、再生へと劇的に向かうことができると信じられていたのです。まさにそういう道行きを、無意識に選んだんだね、それって巡礼だね、そう、わたしは思わず呟いていました。友人はとても驚いていました。その呆然とした顔は、いまも忘れられませんね。それから、二人は大阪に娘さんがいるので、奈良を通って大阪に向かったようです。岡本太郎さん風にいえば、〈神秘日本〉の最深部といっていい、マンダラ的世界の胎（はら）のなかをくぐり抜けて……。

わたしはそのとき、大阪か、四天王寺だね、と低く呟いたのでした。わたしの勝手な妄想であったかもしれません。

　ともあれ、海の彼方には浄土があると信じられていました。それは、四天王寺でもそうだし、那智がまさに、補陀洛渡海のメッカでありました。海の彼方の浄土に渡ろうとした、たくさんの僧侶たちの伝説が残っています。つまり、友人夫婦は陽が落ちてゆく彼方に、西方浄土が幻視される四天王寺のかたわらまでたどり着いて、旅を終えたのです。しばらく大阪に滞在してから、いわきに戻りました。かれらは意識することもなく、中世的な巡礼の跡を踏んで、車の旅を重ねたのですね。その道行きでは、どんな言葉が交わされたのでしょうか。

　ここに、ほんのつかの間であれ、顕在化していたものに心惹かれています。なにかが、隠れていたなにかが、このとき顕われ出ようとしていたのではなかったか。存在のもっとも深いところに、それはひっそり蹲っているのかもしれない。不意に、なんの予告もなしに、世界の終わりのような状況に追いやられた、そう感じた人たちが、ただ生き延びるために、たとえば、巡礼という文化の仕掛けをたぐり寄せる。まるで集合的な記憶にでも導かれるように、意識せずに……。とにかく、そこに身を寄せることで、かれらはなんとか危機を回避して、生き延びることができるわけです。もしかしたら、被災地では、そういうことがたくさん起こっていたのかもしれない、と思うようになりました。

被災地を巡礼のように歩いていた、とお話ししました。そこにはいつだって、とりあえず宗教的な、と呼んでおくしかない現実が転がっていました。もし日本人が、よく言われるように、信仰をもたない、宗教と無縁な人々であったとしたら、あの二万人近い犠牲者たちを前にして、きっと耐えることはできなかっただろうと思うのです。

わたし自身は、けっして宗教的な人間ではありません。草や木や、虫や石ころや貝殻には、妙に心惹かれるのですが、大きな神さまや、大きな宗教にはとんと関心が向かいません。しかし、震災後の日々には、わたしは人生のなかでもっとも宗教に近いところに生かされていた、といまは感じています。宗教とはなにか、という問いが、ひそかに心の片隅に棲(す)みついた気がしています。

津波の痕を訪ねて

その日、はじめて被災地に入りました。四月三日のことでした。宮城県東松島市の、野(の)

蒜というところに行きました。そこには、わたしが以前勤めていた大学の教え子の実家がありまして、両親が暮らしていたんですが、津波で跡形もなく流されました。縁があって、わたしの仙台の事務所に置かれてあった家財道具一式を、すべて差しあげたのです。お母さんは、わたしが使い古した食器や布団やタンスなど、すべて運んで行かれました。ちなみに、事務所の入っていた古いマンションは、地震で傾いて、使えなくなりました。

　そのときに感じたのですが、津波に流されるって、どういうことなのか。被災したわけではないわたしには、うまく想像することができないのですね。でも、その現場に立ってみれば、すこしだけわかります。なんにもない。なにひとつ、残っていない。すべてを、津波は運び去ってゆくのです。だから、洗いざらしの温泉タオルまで、すべて貰われていきました。いちばん喜ばれたのは、爪切りでした。避難所では、みなさん爪を切ることができずに困っていたとか。

　その日、震災後にははじめて野蒜を訪ねました。じつは、野蒜はとても懐かしい場所でした。よく訪ねていたのです。松林の向こうに広がっている浜辺がお気に入りでした。夏には海水浴場として賑わうのですが、何度か、そこでただ海を見つめて過ごしたこともありました。おいしいラーメン屋さんがあって、ときおり食べに行っていたのです。教え子の実家があることも知っていました。なにしろ、その教え子がなにかの講義のために、明治期の野蒜でおこなわれた築港（ちっこう）プロジェクトについて、秀逸なレポートを書いていたのです。築港の跡も、ささやかな資料室も、すべて流されました。松林もなぎ倒されていました。

　翌年の一月末でしたか、教え子の実家のあった場所に、はじめて立つことができたのです。ご両親に案内していただいて、いろいろな話をお聞きしました。

　たとえば、お父さんは地震のあと、寝たきりの、あるいは避難がむずかしい老人たちを助けるために、車で集落に向かったそうです。二人目を助けようと車を走らせていたとき、津波が迫ってくるのが見えて、あわてて引き返したのですが、すぐに渋滞に巻きこまれ、車を捨てて走りました。しかし、津波につかまってしまったのです。昼の三時過ぎから、夜の十二時くらいまで、ずっと冷たい水のなかで、流れてきたタイヤにしがみついていました。そうして凍傷にはなりましたが、なんとか命だけは助かったのです。三・一一の夜、雪が舞う、凍える闇のなかで、黒い水に浸かっている人を、そっと想像してみることができるだけです。

　それから十か月が過ぎて、その場所に立って、このあたりだったかな、とお父さんは語ってくれました。何度か、わずかな聞き書きはさせていただきましたが、そのときはじめて語られたこともありました。真っ暗闇のなかで、そんなに遠くない木のうえかどこかから、女の人の声が聞こえてくるんだ。助けて、助けてください、助けてください……と叫んでいた。乳飲み子を抱えているらしい。でも、自分だって水に浸かっていて、助けに行くことなんてできやしない。やがて、その声も聞こえなくなった。その声が耳にこびりついて離れない、という言葉とともに、わたしたちは現場を離れました。

すでに、そのときには、野蒜地区は瓦礫（がれき）がずいぶん撤去されていました。実家のあったあたりに案内していただいたときには、跡形もありませんでした。土台もなにもないのです。お母さんは見えない家を案内してくれました。ここが、玄関だったのよ、ここで靴を脱いで、入って、そこに台所があって、その向こうに居間があったの、ここからは、小さな庭が見えて……。

ほんとうに、なにもなかったのです。でも、お母さんは一所懸命、自分の家を指でさし示しながら案内してくれました。それから、なんだか遠い声になって、喋りはじめたのでした。わたしが子どもだったころ、ここはね、海だったのよ。まだ、海だったの。だから、そこがいつの間にか分譲地になって、売り出されて、お父さんが相談もなしに買ってしまって、わたしは反対したけれど、押し切られて、家が建ったの。それから、三人の子どもを産んで、育ててきたの。だから、子育てのあいだもずっと、いつかこんな日が来るんじゃないかと怯えていたのよ……。お母さんはその日、足のわるい近所のお婆さんの手を引いて、地区にたったひとつしかない四階建てのビルに逃れて、生き延びました。

その横では、お父さんがまた、こんな話をしてくれるんですね。ここに、娘や息子たちを連れてくると、あいつら、おいおい泣くんだよ。だけど、おれは涙ひとつ出てきやしない。いまに高台に移るから、そのときは前とおんなじ家を、そこに建ててやろうと思ってる。

ひとつの家、ひとつの土地。そこに暮らしている人たちのなかには、とても多様な家やふるさととの記憶があるんですね。ひとつの家でも、ひとつの土地でも、そこに暮らす人たちの思いというのは、じつはさまざまに複雑に混じりあい、反発しあうんだなと、そんなふうに感じた瞬間でもありました。

そういえば、わたしは被災地を訪ね歩きながら、ほとんど聞き書きめいたことをしていません。何人かの知り合いの方たちから、断片的な聞き書きをしてきただけです。ただ、歩いているときには、つねに耳を尖らせていました。だれかがぽつりと洩らす声や言葉が聞こえてきます。そういう声や言葉をひとつひとつ、記憶に留めておく、それだけは重ねてきた気がします。それもしだいに遠ざかっていきますが。

世界の終わりのような

じつは、被災地を歩いていると、不思議なことがたくさん起こります。わたしも体験しています。

はじめて被災地を訪ねた日の夕暮れ、石巻（いしのまき）に入りました。石巻はほんとうに厳しい津波の被害を受けて、たくさんの犠牲者が出ています。わたしの教え子たちも何人か、そこで家族を失ったり、家を失ったりしています。

わたしはデジタルカメラを携えていました。自分が見たものをとにかく記録に留めたいと思って、シャッターだけは押してきたのです。一万枚近い写真が、どこかに埋もれていきます。その日、石巻に入ったあたりから、わたしのデジタル写真からは、色がなくなってしまいます。黄色や緑や赤がすこしだけ、ほんの部分的に残っている、そんな奇妙な写真になっています。思えば、わたしの記憶のなかでも、被災地は色のない世界なのです。桜の花にも色がなかった。まるで、わたし自身のそうした心象風景が、デジタル写真に灼きつけられているかのような、そんな不思議な感覚があります。

けれども、写真のなかに色がない、奇妙なモノクロ写真になっていることに気づくのは、ずっとあとのことなのです。その二、三日後のいわきの写真にも色はありませんでした。それから一週間もすると、色は戻っていました。なにが起こっていたのか、わたしにはわかりません。のちに、何人ものカメラマンたちに写真を見せて、質問してみましたが、謎は解かれませんでした。あとから加工することはできるけれど、撮ったデジタル写真がこうなっているとしたら、さて、どうすれば可能なのか、わからないな、とだれもが首を傾げるばかりでした。はじめて石巻市街に入り、津波に舐め尽くされた、そのど真ん中に立ったとき、異様な衝撃に打たれたことは、よく覚えています。焼け焦げた門脇小学校がすぐそこに見えました。そのあたりから、たしかに世界は半端なモノクロに変わっていたのです。

それから、さらに二週間くらいが過ぎて、わたしは福島県南相馬市の小高というところにいました。二十キロ圏内が警戒区域になり、立ち入りが厳しく制限される前日の、夕暮れでした。そこで見た情景というのが、わたし自身の震災の原風景のひとつになっていきます。福島第一原発から、十五キロくらい離れています。二十キロ地点の検問を、文化財調査のために、と伝えて通過しました。車には県立博物館のがっしりとしたガイガーカウンターが積まれていました。そのとき、わたしは福島県博の館長だったのです。

車をずっと走らせて、もうその先はアスファルトの道がバリケードでふさがれている、そんな交差点に車を停めました。南相馬市出身の県博の学芸員二人と一緒でした。道路沿いの家々はみな、一階部分を津波にぶち抜かれていました。そこに、ひっくり返った車や屋根が突き刺さっているのです。道路の縁は崩れ落ちて、その下には一面に泥の海が広がっていました。

夕暮れが近づいていました。ガイガーカウンターで測ると、〇・三九マイクロシーベルトでした。途中の飯舘村では七、八マイクロシーベルトありました。小高の、その数字はけっして忘れることはありませんね。とにかく、非常に低かった、原発から十五キロしか離れていない地点であるにもかかわらず、線量は驚くほどに低かったのです。福島市内よりも低かったほどです。そんな数値は知らずに、原発が爆発したときに、いっせいに避難がおこなわれました。だから、そこには、津波に襲われたあとの情景がそのままに残っていたのです。

世界の終わりを見たような、そんな感覚がありました。見はるかすかぎり、人間の影は自分たち三人だけなのです。むろん、生き物の気配はどこにもありません。まったくの沈黙、音がない。でも、ふっと気がつくと、潮騒のかすかな音が聴こえてくるのです。暮れなずむ視界のかなたに、津波にも生き残った二本の松があり、その向こうに白い波しぶきが見えました。距離にして一キロ足らずか。しかし、一年ほどが過ぎて、再訪したときに、数百メートルほどの距離であったことに気づかされました。

海がひっそりと、そこに佇んでいたのです。あの海が暴れて、黒い壁になって押し寄せ、すべてを壊し、運び去ったのです。そのとき、わたしはそのかたわらに、声もなく立ち尽くしていました。それはやがて、わたしにとっての震災の原風景のひと齣(こま)となっていきました。そのときに目撃した風景、とりわけ泥の海について思索を巡らすことは、大切なテーマとなっていきます。ここでは、その話にはたどり着けません。

その小高というのは、作家の埴谷雄高さんや島尾敏雄さんのふるさとでもあります。ちょうど震災の三年ほど前に、わたしは河北新報の「東北知の鉱脈」と題した連載のなかで、島尾敏雄さんの取材をするために、小高を訪ねていました。実家を訪ねて、義理のお兄さんにお話をうかがったり、ゆかりの場所の取材をしていました。だから、その風景がまったく変わってしまった、いや失われてしまったことに、痛みを覚えたのです。民俗学者の関心を引いた、両墓制の名残りとされる海辺の墓地も、すべて流されてしまったことを知るのは、ずっとあとになってからのことです。

幽霊と出会うとき

わたしはいま、能舞台のうえにいて、幽霊の話をしようとすこしだけ身構えています。『遠野物語』の第九九話を取りあげるのですが、これは震災のあとで、あらためて幾度となく読み直すことになった、掌に載りそうな物語です。明治二十九年の三陸大津波のときに、妻と子どもたちを亡くした男の物語なのです。まるで、夢幻能のような物語です。生者と死者の和解をめぐる物語でもあります。幽霊と出会う話はみな、和解のテーマを抱えているのではないか、とわたしはひそかに考えています。

被災地では、幽霊を見たとか、幽霊と出会ったという話を、いたるところで聞きました。南相馬で、海辺に近い道を車で走っていると、人をはねてしまった。驚き、あわてて外に出て、まわりを探したけれども、どこにも人影はない。それでも警察に届けると、ああ、あなたで十二人目です、と言われたとか。あるいは、三陸の大きな被害が出た町で、夕方になると、海のほうから、ワーという声が聞こえる。やがて、海から逃げてくる人を見た、という噂が立った。夕暮れが近づくと、歩道橋のうえに、たくさんの人たちが群がるようになった。海のほうから、人の声が聞こえないか、人の姿が見えないか。肉親を亡くして、遺体が上がっていない人がたくさんいますので、そういう、幽霊でもいいから会いたい、という人たちが集まってきたのです。

都市伝説に括られるのかもしれません。たとえば、静岡県警のおまわりさんが、横断歩道で一所懸命、混雑する人を交通整理でもするように、笛を吹いてさばいている。でも、まわりにはだれもいない。一人ぼっちだ。かれには見えているのかもしれない、といった話を聞きました。仙台のタクシー運転手が主人公の、こんな話は誰でも知っています。閖上(ゆりあげ)まで行きたいという客を、仙台駅から乗せた。閖上に着いて、客席を振り返ると、だれもいない。そんなときには、タクシーの運転手さんは、ああ、帰りたかったんだろうな、と思い、徒労だったけど仕方ないか、と帰ってくる。念のために、閖上はたくさんの犠牲者が出た場所として、知らない人がいない海辺の地名です。

興味深いのは、そんな怪談めいた話を語りながら、地元の人たちはだれも怖がっていないことでしょうか。幽霊譚を聞いても、みな、そんなこともあるよな、という顔をしています。

だから、明治二十九年の三陸大津波のときにも、そんなふうに幽霊を見たという話は、ありふれたものだったのかもしれません。そのなかのひとつが、たまたま『遠野物語』のなかに収められて、わたしたちはそれを読むことができるわけです。あらかじめ言い添えておきますと、このお話はじつは、主人公である福二（ふくじ）さんの子孫のなかに、いわば家の物語として語り継がれてきたことが、震災後にわかって、メディアにもさまざまに取りあげられていました。福二さんの孫か曾孫にあたる人たちは、同じ場所に暮らしていて、また津波によって家を奪われた、と聞きました。

さて、『遠野物語』の第九九話は以下のようなものです。読みやすくするために段落分けをしてみます。角川ソフィア文庫版からの引用です。

> 土淵村の助役北川清といふ人の家は字火石（ひいし）にあり。代々の山臥（やまぶし）にて祖父は正福院といひ、学者にて著作多く、村のために尽くしたる人なり。清の弟に福二といふ人は海岸の田の浜へ婿に行きたるが、先年の大海嘯（おほつなみ）に遭ひて妻と子とを失ひ、生き残りたる

二人の子と共に元の屋敷の地に小屋を掛けて一年ばかりありき。
夏の初めの月夜に便所に起き出でしが、遠く離れたる所にありて行く道も浪の打つ渚なり。霧の布きたる夜なりしが、その霧の中より男女二人の者の近よるを見れば、女はまさしく亡くなりしわが妻なり。思はずその跡をつけて、はるばると船越村の方へ行く崎の洞ある所まで追ひ行き、名を呼びたるに、振り返りてにこと笑ひたり。男はと見ればこれも同じ里の者にて海嘯の難に死せし者なり。自分が婿に入りし以前に互ひに深く心を通はせたりと聞きし男なり。今はこの人と夫婦になりてありといふに、子供は可愛くはないのかといへば、女は少しく顔の色を変へて泣きたり。死したる人と物言ふとは思はれずして、悲しく情なくなりたれば足元を見てありし間に、男女は再び足早にそこを立ち退きて、小浦へ行く道の山陰を廻り見えずなりたり。追ひかけて見たりしがふと死したる者なりと心付き、夜明まで道中に立ちて考へ、朝になりて帰りたり。その後久しく煩ひたりといへり。

『遠野物語』の語り部である佐々木喜善による、いくつかの異伝ともいうべき話が確認されています。ここでは、津波から一年ほどが過ぎた夏のはじめとなっていますが、おそらく、津波の難に遭った年のお盆の季節を背景にしていたと、わたしは想像しています。

ほんの十数行の物語なんですね。作家の三浦しをんさんと遠野で対談したことがありまして、そのとき、三浦さんは、ここには文学のすべてがありますね、と話されていました。被災地を歩いているときには、いつでもバッグのなかに『遠野物語』があり、取りだしては眺めていました。震災の前には、第九九話の読み方が、自分のなかでも大きく変わってきたと感じています。震災の前には、いわば、これは妻に裏切られた男の話である、というところから逃れられなかった気がします。縛られていたのです。

東北をフィールドにして、村に入り、おじいちゃん・おばあちゃんから聞き書きをすることを仕事にしてきました。こんな聞き書きをしたことがありました。あるとき、ひなびた湯治場の宿で、一人のおばあちゃんの人生に耳を傾けていたのです。わたしはふと、直感のように思い浮かべたことがあり、つい口にしていました。いまの旦那さんと結婚する前に、好きだった人、いたんですね……。一瞬にして、おばあちゃんは落ちていました。涙にくれながらの話になりました。戦争前に、おつきあいしていた人がいたのです。召集を受けて、かれは戦地に送られる日が近づいていました。だから、わたしのことは忘れてください。隅田川のほとりで聞かされた、かれの別れの言葉だったとか。むろん、そうした話に無理に誘導したわけではありません。おばあちゃんはなにかを話したがっていました。秘密が守られる相手と感じたので、話してみたくなった、ということでしょうか。

さて、福二さんは内陸部の遠野から、田の浜という海辺の村に、乞われて婿養子に入るんですね。とても穏やかでいい人だったようです。しかし、この結婚はささやかな不幸を抱いていました。福二さんを婿に迎える以前に、じつは妻には、心を通わせあう男がいたのです。でも、結婚することは許されなかったのでしょう。福二さんは婿養子に入りましたが、小さな村のことですから、すぐに気が付いたんですね。ああ、あの男が、かつて妻がつきあっていた男か、と。

それでも、結婚して、それから三人か四人の子どもが生まれました。福二さんはきっと、妻の心は自分にはないのかもしれないと、不安を拭えずにいたのでしょう。津波の難に遭わなければ、ゆるやかに年老いていって、自然と、そういう疑いの気持ちのようなものは溶かされていったのかもしれません。けれども、突然の津波で二人はひき裂かれて、妻はあの世に行き、かつて恋人であった男も亡くなったのです。

津波から数か月足らずのお盆であったか、福二さんは霧の深い月夜の晩に、死んだ妻と男が渚を歩いてくるのに出会いました。思わずあとを追って、名を呼ぶと、妻は振り返って頬笑んでから、いまはこの人と夫婦になっています、と答えました。子どもは可愛くないのか、すがるように問いかけると、妻はすこしだけ顔色を変えて泣くのです。妻と男はそのまま山陰に消えてゆきました。そして、小さな物語は、福二さんがその後、久しく病気になったことを書き添えて、幕を閉じています。

いつしか、ある問いに捉われている自分に気づきました。この話はどうして残ったのか、ということです。『遠野物語』の刊行は、大津波からたった十四年後のことでした。それはどのようにして、峠を越えて遠野へと運ばれていったのか。そもそも、この幽霊の妻に出会った話は、福二さんの体験譚であり、本人が語らなければ、だれも知ることはなかったはずです。かれはみずから話したのです。とても大切なことがここには隠されている、と思いました。

わたしはとりあえず、東北をフィールドとする民俗学者です。だから、つい、こんな想像をしてしまうのです。イタコのような女性のシャーマンが介在しているのかもしれない。つまり、心かからだの、なにか病気になった福二さんは、イタコを訪ねて、妻の幽霊に出会い言葉を交わしたことを話したのではなかったか。話さねば逃れがたい、暗い秘められた出来事だったからです。それがやがて、家族にも知られるようになったのかもしれません。

　とてもつらい出来事です。妻の裏切りです。疑心暗鬼のように取り憑いていた、妻が好いていているのは、いまもあの男だ、という囁きの声が、招き寄せたのでしょうか。この世で結婚することを許されなかった、妻と男は死んで、あの世でいまは夫婦になっている、というのです。福二さんの心の内なる劇場で、嫉妬という名の情念が闇から曳きずりだした、一編のドラマのかけらでしょうか。

　あきらかなのは、福二さんは精神の危機を乗り越えて、回復したということです。つまり、子どもや家族や、さらに村の人たちに、嫉妬まみれの、妻に裏切られ棄てられた男の哀れな物語を語って聞かせたのでしょう。そうして、やっとのことで、福二さんは妻と和解をしたのではなかったか。そう、わたしは考えるようになりました。妻が、あの世で、別の男と一緒になっている。その現実というか、幻想というか、それをそのままに受け入れることによって、福二さんのなかにあった疑いとか、どろどろした嫉妬とか、そうしたものが次第に溶けていったのではないか。どのようなかたちであれ、そうした妻との和解なしには、福二さんが病いから癒えることはなかった、それだけは否定しようもありません。

物語というのは、モノが一人称で語るところに始まりました。モノとは死者であり、物の怪であり、神であり、そうした人間にあらざる超越的なモノたちが、一人称で、だれか巫覡の徒を仲立ちとして語り聞かせるのです。それが、日本の物語の起源だ、というふうに折口信夫などは説いていますね。イタコの口寄せもまた、死者による一人称の語りです。物語はやはり、死者による一人称の語りから生まれたのです。死者の恨みをほどくための文化の仕掛けとしての物語は、能という芸能にも繋がっています。

能はたしかに、物語の定型を踏んでいます。夢幻能では、ワキの見た夢や幻として一曲全体が構成されますが、シテ（主役）は神・霊・精など現実の存在ではないことが多く、ゆかりの場所を訪れたワキにたいして、あとから現われたシテが過去を回想しながら物語ります（『能楽用語事典』）。自分がどのように無惨な死を遂げたのか、どうして鬼や山姥のような存在になってしまったのか、それがシテの一人称で語り明かされるのです。そうして、物語ることによって、死者が呪縛されて苦しんでいる恨みがほどけて、和解へといたる、そういう文化の仕掛けだったのではないか。『遠野物語』の第九九話もまた、そうした物語の定型をやわらかく踏んでいたような気がするのです。

なぜ、人は幽霊と出会うのか、幽霊との出会いを必要としているのか。ある心理療法家の方から、幽霊を見たと語る少年たちについて、こんな話を聞いたことがあります。十人近い、そうした少年を診たことがあるということでした。それはみな、十歳くらいの男の子で、父親の突然の死を共通して体験していた。幼い男の子たちは、幽霊の父親に出会い、なにか大切なものを受け渡され、和解を果たしているように見える、と。わたしが幽霊との出会いは、死者との和解の物語であったかもしれないと話したことへの、ていねいな応答だったのです。

生きとし生けるもの、すべての命のために

震災の年の四月七日、いわき市薄磯で、焼け焦げた瓦礫の海のなかに、神社の鳥居が孤高に立ち尽くす姿を見たときの、心の揺らぎを忘れることはありません。それもまた、わたしにとっての、東日本大震災の原風景のひと齣となりました。それ以来、神社とその鳥居は、あきらかに被災の風景のメルクマールのひとつになっていきます。

この日、わたしは県博の学芸員と二人で、原発から三十キロほどのいわき市四倉から、ひたすら海沿いに南下したのでした。ほんの思いつきのように、塩屋埼灯台をめざすこと

にしたのです。道はところどころで寸断されていましたから、迂回をくりかえしながら車を走らせました。途中で、海に近く稲荷神社があり、信者さんたちが集まり祈祷を受けていました。すでに復活していたのです。そういえば、いわき市の別の地区でも、壊滅状態のなかに神社だけが生き残っていると聞いて、お参りに行きました。これはずっとあとのことです。

とにかく、そうして南下を続けて、わたしたちは薄磯という地区にたどり着いたのでした。車を路肩に停めると、六地蔵の祀られている小さな切り通しを抜けて、歩いて薄磯に入りました。まさしく一面に瓦礫の海原であり、火災もあったらしく、焼け焦げた看板や柱などが眼につきました。すくなからぬ人の姿があり、瓦礫が撤去されて、車が走れる道もなんとか確保されていました。そのとき、あの鳥居が裏山を背にして立っているのが見えたのです。ほんとうに神々しい姿でした。散乱する、瓦礫と呼ぶには申し訳ないような、壊れた家財道具たちを掻き分けながら、鳥居のそばまで近づきました。金属製の鳥居は傷だらけでしたが、巨大な津波にも耐え抜いたのです。狛犬の石像がひとつだけ、あらぬ方を向いて踏ん張っていました。参道を登ってゆくと、薄磯神社の社殿があって、手を合わせたのでした。避難所になっていたのか、社殿のなかには布団が折り重なっているのが見えました。

そういえば、その日は結局、塩屋埼灯台を遠くに眺めながら、迂回して、小名浜の水族館アクアマリンふくしまへと向かいました。たどるべき道がなかったのです。その灯台は、じつは、美空ひばりさんの絶唱「みだれ髪」の舞台だったのです。震災から二年後の秋、わたしは『北のはやり歌』（筑摩書房、二〇一三）の終章で、震災への鎮魂歌として、「みだれ髪」について語っています。いつであったか、ようやく訪ねることができた塩屋埼灯台からは、薄磯は見渡すかぎり、建設工事の現場になっていました。

それから、一年半のあいだ、わたしは神社とその鳥居ばかりを拝んで歩いたような、そんな感覚があります。海辺の寺や墓地のほとんどは流されていました。神社はすこしだけ高台にあることが多いためか、津波はその手前で止まったと、よく語られていました。くりかえし、生き残った神社を見るたびに、時の試練に堪える場所に立つがゆえに、それは津波の難を逃れたのか、と寺田寅彦のエッセイを思いながら、考えたものです。縄文の貝塚については、三百八十数か所であったか、そのすべてが生き残った、といわれています。それとは逆に、津波に洗われてたくさんの犠牲者を出した、高齢者の介護施設がいくつもありました。偶然ではない、と感じています。

宗教とはなにか、と考えずにはいられなかったのです。そのことは、くりかえし書き留めておきたいと思います。それも、ずいぶん遠ざかりましたから。

やはり、震災の年の五月の末に、宮城県の南三陸町を訪ねました。そこで案内されたのが、志津川湾の奥まった水戸辺(みとべ)という漁村でした。低い堤防の蔭にあった集落は、まったく津波に流されていました。そこで話をうかがっていて、面白かったというか、とても感動したのは、鹿踊り(ししおど)がすでに復興していたことでした。東北の代表的な民俗芸能のひとつなのですが、その海辺のムラでは、数百年にわたって、鹿踊りが途切れながらも伝承されてきました。わたしが話を聞かせていただいた方は、まさにその鹿踊りのリーダーだったのです。

地震のあと、志津川湾は海底がむき出しになるくらい水が引いたんですね。湾は十五メートルとか二十メートルの深さです。それを眼にした人たちが、これはたいへんだということで、声をかけあって高台に避難しました。さらに、ここも危ないというので、尾根伝いに奥まで逃げて、助かっています。

そのリーダーの方が、震災後に、ふたつのものを探しまわったと話してくれたのです。そのひとつが、かつて、海で見つけた美しい貝を指輪にして、奥さんにプレゼントした、その指輪が入った小箱を見つけたのです。もうひとつが、鹿踊りの衣装とか太鼓とか、すべて流されたわけですが、川沿いに瓦礫のなかを探しまわって、ようやく発見したのです。それを洗い清めて、避難所でなんとか練習をして、五月の連休のころに踊った、とか。そのとき、避難所で暮らしていたおばあちゃんたちが、鹿踊りを見て、はじめて安堵の涙を流した。そんな話に耳を傾けました。

秋になって、あらためて訪ねたとき、すこし高台に、鹿踊供養塔があると聞いていたので、探しました。享保九（一七二四）年の銘のある供養塔は、かなり摩滅していて、もう文字はほとんど読めません。『生活の歓　志津川町誌Ⅱ』（一九八九）によれば、「奉一切有為法躍供養也」と刻まれていたようです。わたしはとりあえず、それを「生きとし生けるものすべての命のために、この踊りを奉納する」といったあたりで解釈してきました。三陸海岸の漁村では、後背をなす裏山を大事にしてきました。薪炭となる木を伐り、山菜やキノコを採り、ときには鹿を獲物として猟をおこなう、まさに里山だったのです。漁村は海だけで暮らしているわけではありません。だから、この海辺のムラの男衆は、鹿を供養する祭りをおこなってきたのです。その祭りではしかも、鹿だけではなく、人や鳥獣虫魚、木や草にいたるまで、すべての生きとし生けるものたちの命を寿（ことほ）ぎ、その供養をするために、この踊りを奉納してきたわけです。

　震災のあと、被災地ではいっせいに、民俗芸能が次々と復興していきました。おそらく、東北の民俗芸能の多くが、死者供養というテーマを抱えているからだと思います。みちのく世界は災害や飢饉に、つねに見舞われてきた土地柄ですからね。夏のお盆のころには、被災地のいたるところで民俗芸能や祭りが復活し、死者供養の行事がおこなわれていました。

　東北には、死者の記憶をたいせつにする文化が色濃く見いだされる、そう、敬愛する写真家にして民俗学者の内藤正敏さんが語られていました。水戸辺の鹿踊供養塔に刻まれた言葉は、ケガチ（飢饉）の風土が産み落とした思想の結晶のようにも感じられます。そこには、東北人（びと）のケガチの風土にいだかれたいのちの思想、また死生観などが埋もれているのではないか、そんなことを考えています。

山野河海を返してほしい

　水戸辺の鹿踊供養塔に刻まれた言葉から、わたしはすぐに、平泉の中尊寺建立供養願文（こんりゅうくようがんもん）

を思いだし、宮沢賢治の「原体剣舞連（はらたいけんばひれん）」という詩へと連想を跳ばしました。そこに流れているはずの東北人のいのちの思想を掘り起こしてみたいと、無謀を承知で考えたものです。

きちんと語るのはとうてい不可能ですが、東北にはもしかすると、すこしだけローカルな泥にまみれた、生きとし生けるものすべてにひとしく触れる、いのちの思想や哲学が存在するのかもしれません。被災地を巡礼のように、ひたすら手を合わせながら、歩きつづけたと語ってきました。生と死にまつわる風景が堆積する底から、いのちの思想がわずかに顔を覗かせる瞬間に、くりかえし出会ったような気がするのです。それはむろん、わたしが東北の村々をフィールドにして重ねてきた聞き書きのなかで、幾度となく遭遇したことでもありました。

いつでも、かたわらには宮沢賢治さんがいました。震災後に、あらためて読んだ「グスコーブドリの伝記」には、東北のケガチの風土のなかから生まれた、この物語に通底する自己犠牲のテーマの危うさを感じました。東京電力福島第一原発の爆発事故がもたらした、あの破滅的な状況を前にして、ほんのつかの間ですが、この犠牲の問題が浮上しかけた瞬間があったことを思いだします。わたしたちは意識することもなく、記憶そのものを改竄（かいざん）して、多くのことをなかったことにして済ませようとしています。東京を含めた東日本全域が壊滅したかもしれない危機が、なんとか避けられたのは、たんなる自然の気まぐれ、風向きの結果にすぎなかったのではなかったか。すっかり忘却の淵に沈めてしまいましたね。

あるいは、「なめとこ山の熊」などには、まさしく東北のいのちの思想が描かれているのかもしれません。賢治さんの眼差しは、どこかひ弱なものに感じられますが、それでもローカルな泥にまみれてはいるのです。

震災が始まった年の秋あたりでしたか、被災地に近い、たとえば岩手県遠野市のスナックで、「魚や蛸を食べる気になれない」という人に、幾人か出会いました。捕れた地魚をさばくと、内臓（はらわた）のなかから人の爪や歯が出てきた、蛸の頭のなかに髪の毛がびっしりからまっていたといった、真偽を確かめようのない噂がしばしば聞かれたのでした。

たくさんの遺体が上がっていません。震災関連死が多いことはニュースになりますが、行方不明者の数が非常に多いこともまた、東日本大震災の特異な点ではあるのです。神戸の震災では、行方不明者は最終的にはひと桁だったはずです。海で死ねば、そのからだが魚や蛸に食べられることは、土地の人ならだれでも知っていることでしょう。ところが、あるとき、「だから、俺は喰うんだよ」と言い切ってみせた、三陸の漁師がいた、と仲間のライターから聞きました。強い言葉だな、と思いました。板子一枚下は地獄なのです。漁村での聞き書きでは、身内が海で死んだことを、さりげなく聞かされることが珍しくありません。生と死のきわどい境を生きているのです。海の男が、津波で流された娘の遺体がようやく上がっても、けっして泣かない姿に触れて、泣きじゃくりながら電話をかけてきた仲間がいました。

人はみな、山野河海のような自然の懐深くにおいては、大きな自然の内なる食物連鎖の一環に組みこまれているのです。町場に暮らす人々だけが、そんなことは知らぬげに、金銭をもって獣の肉を買いもとめ、安全な場所で喰らうのです。それは狩られた野生の獣ではなく、屠られた家畜の肉ですね。「なめとこ山の熊」はそのあたりに、ひどく屈折した眼差しを投げかけています。賢治さんはなんだか、オロオロしています。

これにたいして、「注文の多い料理店」などは、都会からやって来た二人のハンターが、いつの間にか喰われる側に誘導されてゆく、黒い哄笑に満ちた物語でしたね。「鹿の黄いろな横っ腹なんぞに、二三発お見舞まうしたら、ずいぶん痛快だらうねえ」と呑気に喋っていた男たちは、山猫に喰われる寸前になんとか助けられます。そして、紙屑のようにくしゃくしゃの顔になり、ほうほうの体で帰っていきました。かれら都会のハンターにとっては、狩猟は殺すために殺す遊びにすぎません。そこに、食べるために、また生きるために野生の獣たちと対峙して殺す、東北の狩人たちとの、決定的な分岐点が見いだされるのです。

人は狩られるべき獣に殺され、喰われることがある。すくなくとも、そうした可能性を織りこんではじめて、生業（なりわい）としての狩猟は成り立つのです。それはどこかで、みずからの身体を自然に贈与することと引き換えに、かろうじて許される行為のようにも感じられます。「なめとこ山の熊」の主人公である、猟師の小十郎は、熊捕りの名人でした。家族を養うために、心ならずも狩りを続けてきたのです。最期は、熊によって殺され、あの世へ送られました。おそらく喰われたのです。そうして、小十郎はその身を大きな自然に贈与したのです。

海の人や山の人は、わが身をときには自然に贈与して、それと引き換えに、獲物を海や山の幸（さち）として手に入れているのです。「忍び撃（ぶ）ちは卑怯だ」と語る狩人に、山形の山深い熊祭りの里で会いました。みずからの命を危険にさらさずに、遠くからライフル銃で熊を撃つことを指して、その狩人はぽつりと言ったのです。かれらのなかにも、固有のいのちの思想が見いだされます。それはきっと、賭けのような、捨て身の贈与を仲立ちとして、ようやくにして獲得された思想のかけらなのではないか、とわたしは想像しています。

＊＊＊

東京電力福島第一原発の爆発事故がもたらした、山野河海の汚染という厳しい現実が、わたしたちの眼前には横たわっています。いわゆる「除染」という名の、核による汚染物質をよそに移すだけの「移染」からも取り残されて、山野や河や海はいまものたうち喘ぎつづけています。屋敷林という、小さな里山でたいせつに守られてきた樹齢が数百年の樹木たちも、次々に伐採されました。狩猟をやめることを決断する狩人たちが現われている、と風の噂に聞こえてきました。それは東日本の自然生態系にたいして、深刻な影響をもたらすことになるでしょう。

かつて、「山や川や海を返してほしい」(『福島民報』二〇一六年一月一七日)と題したエッセイを書いたことがあります。こんな文章でした。わたしの原文に戻して引用します。

福島の外では、もはやだれも関心を示さないが、どうやら森林除染は行なわれないらしい。環境省が、生活圏から離れ、日常的に人が立ち入らない大部分の森林は除染を行なわない方針を示した、という。それでいて、いつ、だれが「安全」だと公的に宣言がなされたのかは知らず、なし崩しに「帰還」が押し進められている。

わたしは民俗学者である。だから、見過ごすことができない。生活圏とはいったい何か。人の暮らしは、居住する家屋から二十メートルの範囲内で完結しているのか。もし、そうであるならば、民俗学などという学問は誕生することはなかった。都会ではない、山野河海を背にしたムラの暮らしにとって、生活圏とは何か、という問いかけこそが必要だ。

かつて、「前の畑と裏のヤマ」という言葉を、仙台近郊で聞いたことがある。平野部の稲作のムラであっても、田んぼのほかに、野菜などを作る畑と、イグネと呼ばれる屋敷林を持たずには暮らしていけなかった。イグネはたんなる防風林ではない。たくさんの樹種が周到に選ばれた。果樹、燃料となる木、小さな竹林、家を建て直すときの材となる樹々（きぎ）などが植えられていた。小さな里山そのものだった。裏のヤマだったのだ。このイグネが除染のために伐採された、という話をくりかえし聞いている。

『会津学』という地域誌の創刊号に掲載された、渡部和さんの「渡部家の歳時記」という長編エッセイを思いだす。奥会津の小さなムラの、小さな家で営まれている食文化の、なんと多彩で豊かであることか。正月に始まり、季節の移ろいのなかに重ねられてゆく年中行事には、それぞれに儀礼食が主婦によって準備される。その食材は家まわりや里山で調達されてきた。

福島の伝統的な食文化は、原発事故によって痛手を蒙っている。それはみな、福島の豊かな山野や川や海などの自然環境から、山の幸や海の幸としてもたらされる食材をもとに、女性たちがそれぞれの味付けで守ってきた、家の文化であり、地域の文化である。山菜やキノコばかりではない。切り昆布・麩・コンニャク・笹巻き・三五八・凍み豆腐・凍み餅。浜通りの、アンコウのとも和え・ウニの貝焼き・がにまき・お煮がし・金目の煮もの・べんけい・ほっき貝。中通りの、あんぽ柿・ざくざく煮・はごめきゅうり・霊山ニンジン・イカニンジン。会津の、えご・こづゆ・ニシンの山椒漬け・みしらず柿。数え上げればきりがない。このなかには、震災後、食材の確保がむずかしいものも含まれているのではないか。

除染のためにイグネが伐採された。森林の除染は行なわれない、という。くりかえすが、生活圏とは家屋から二十メートルの範囲内を指すわけではない。人々は山野河海のすべてを生活圏として、この土地に暮らしを営んできたのだ。汚れた里山のかたわらに「帰還」して、どのような生活を再建せよと言うのか。山や川や海を返してほしい、と呟く声が聞こえる。

文中の食文化のあたりは、食をテーマとして魅力的な仕事をされているアーティストの中山晴奈さんの、なにか作品からの引用のようなものでした。ゲラ直しのなかで、あえて名前を消しています。このエッセイは環境省への批判として書かれており、そこに作家を巻きこみたくなかったからです。このあと間もなく、その観測気球のように示された環境省の方針は、たしか引っこめられたはずです。しかし、山野河海のほとんどは、いまだに除染の対象からは外されています。山野河海は逆に、まったく人間からは感謝されることもなく、ただ黙々と穢れの浄化のために働きつづけていますね。そう、まるで『風の谷のナウシカ』の腐海のように、です。そればかりか、人間というのはグロテスクなまでに利己的で、汚染水だか処理水だかを、広やかな海に押しつけて、またしても逃げを決めようとしています。

いのちの思想を紡ぎなおす

田附勝（たつきまさる）さんの写真集『おわり。』（SUPER BOOKS刊）は、たとえば、一編のドキュメンタリーとしてたいへん優れている、と感じてきました。しかも、そこには、あくまでローカルな東北のいのちの思想が、泥臭いかたちで示されています。その「あとがき」には、こんな関心をそそられる一節がありました。

> ２０１１年、彼は11月に一度だけ鹿猟をした。それ以来、鹿を狩りに山に入ることはやめた。
>
> 僕は猟期が来るたびに尋ねた。
>
> 「鹿猟しないの、今年も。」
>
> 彼は言った。
>
> 「もう嫌になった。鹿を殺すの。今までいっぱい殺してきた。もういい。それに食べられないなら、殺さない。殺したくない。」
>
> 鉄砲店からもらったという、何度も折り畳んだ跡のある一枚の書類を見せてくれた。

そこには鹿肉から放射性物質が検出されたことが書かれていた。

それから僕は彼の家に行く度に、鹿の角や骨、鹿猟にまつわるものを撮るようになった。それらは、家の中の至る所に散らばっていた。

片隅に、ぞんざいに置かれているものまで撮った。

しばらくして、彼が保護していた飼っていた三本足の鹿が死んだ。

彼は、家族と同じだから、と言って墓を作った。

2014年4月1日の夜、彼は自分の鉄砲をダンボール箱に梱包していた。鉄砲店に返すためだ。

僕は言った。

「もうやらないんだね、鹿猟。」

彼は言った。

「おわり。」

（傍点引用者）


くりかえしになりますが、この写真集はドキュメンタリーとして優れています。薄い冊子のような写真集なのに、圧倒的な質量を備えているのです。あくまで寡黙なのですが、ふっと気がつくと、とても大切な問いが眼が眩むほど豊かに詰まっています。

一人の三陸の猟師が、震災からしばらく経って、鹿猟をやめて、未練を絶つためにか鉄砲も返却したのです。理由はあきらかです。震災の年の秋に獲った鹿の肉から、放射性物質が検出されたからです。写真家に問われて、猟師はこう答えるのです、「もう嫌になった。鹿を殺すの。今までいっぱい殺してきた。もういい。それに食べられないなら、殺さない。殺したくない」と。中世の仏教説話集であれば、まさに殺生戒を犯してきた猟師の発心譚といったところでしょうか。その肉を食べられないなら、殺さない、殺したくない、そこに猟師の思いは凝縮されているはずです。そこで、鹿がシシと呼ばれているのは、それが狩りの獲物として食べられる肉であったからです。イノシシ（猪）は当然のこと、クマシシ（熊）、アオシシ（羚羊）など、狩猟による食用の獣の肉はみなシシと呼ばれていたわけです。

奇妙なエピソードが挟みこまれていることに、気づかれましたか。この猟師は、三本足の鹿を保護して飼っていたのです。その鹿が死ぬと、猟師は「家族と同じだから」といい、なんと墓まで作って、埋葬したのです。ほかの獣に喰われないためにか、かなり大きな穴がわざわざ重機を使って掘られています。鹿を殺すことを、生業のすくなくとも一部にしてきた猟師が、傷ついた鹿を捕らえて、喰わずに、逆に餌をあたえて飼っていたのです。その三本足の鹿はシシであることをやめて、ペットに昇格していたのでしょうか。

そうした東北の伝統的な、どこかで縄文時代にまで繋がってゆくはずの狩猟文化が、震災と原発事故のもたらした見えない影のもとで、ひっそりと幕を閉じようとしているのかもしれません。食べるために、生きるために、かすかなアイデンティティを確認するために、みちのくの狩人たちは野生の獣たちを、山野に追い、殺し、喰らってきたのです。それが終わる。それをやめる人たちが現われている。

そうして、いま、東京電力福島第一原発の周辺から、しだいに野生の王国が広がっていきます。しかも、それは汚れた野生の王国なのです。震災後に、案内してくれる人があり、朝鮮半島の三十八度線の近くまで訪ねたことがあります。そこはいま、ノーマンズランドにして、みごとな野生の王国になっていると聞きました。福島では、海ほど浄化能力が高くはない山や野や川は、降りそそいだ放射性物質によって汚れており、汚れた山菜やキノコや木の実、川の魚などは、食するときには十分な注意が求められます。それを食べた動物たちが、さらに汚染を凝縮させてゆく可能性は、残念ながら退けることができません。狩人たちは、殺しても食べることができない野生動物を前にして、深くひき裂かれながら、断念へと追いこまれ、ついに猟銃を封印することを選ぶのです。食べられない山野の獣は、獲物（シシ）ではない。殺すために殺すことなど、したくはない。東北南部から関東北部にかけて、おそらくは東日本全域に、そうした食べることができない、または、食べることをしばらくは避けたほうがいい、野生動物が暮らす自然生態系が生まれてきているのかもしれません。そうした調査研究はおこなわれているのだとしても、わたしたち市民はその情報に触れることがむずかしい。いずれにせよ、すでに東北の生態環境は大きく変容しつつあります。福島や宮城南部が北限とされてきた猪が、本州北端にまで生息域を広げています。いずれ、津軽海峡を越える猪だって現われるかもしれません。大繁殖を遂げた野生動物が村や町に入りこみ、列車に衝突し、深刻な農産物への被害をもたらしています。野生の獣との遭遇はもはや、ちょっとした日常の風景のひと齣と化してゆくことでしょう。

しかも、獣たちはすくなからず汚れているのです。狩猟という、野生動物の頭数をコントロールしていた淘汰のシステムが不在であったり、損なわれてゆくとしたら、いったいなにが起こるのか。江戸時代の岩手では、猪ケガチが起こっています。そんなものの再来はありえないと、だれが保証できるのですか。田畑や集落や村全体を囲いこむような、途方もない電気柵に依らずには、農業そのものが持続的に維持することがむずかしい時代に、わたしたちは足を踏み入れようとしているのです。杞憂(きゆう)であれば幸いですが。

＊＊＊

南三陸町の水戸辺は、鹿踊りの伝承地のひとつとして知られますが、高台に立つ鹿踊供養塔については触れてきました。そこに刻まれていた「奉一切有為法躍供養也」という言葉から、わたしは中尊寺建立供養願文を想起したのでした。そこには、こんな言葉が見いだされます。ネットで見かけた、「平泉郷土館　館長」の大矢邦宣さんによる口語訳です。『ミュージカル「平泉」　夕焼けの向こうに』のチラシに載っていたもの、とか。改行を減らし、ほんのすこし手直ししたうえで引用してみます。

鐘の音は　あらゆる世界に　分けへだてなく　響き渡り
みな平等に苦しみを抜きさり　安楽を与える
攻めてきた都の軍隊も　守った蝦夷も
たび重なる戦いで　命を落とした者は　古来幾多あったろうか

いや　みちのくにおいては　人だけでなく　けものや　鳥や　魚　貝も
昔も今もはかりしれないほど　犠牲になっている
霊魂はみな　次の世の別な世界に移り去ったが
朽ちた骨は塵となって　今なおこの世に恨みを残している
鐘の音が大地を動かすごとに
罪なく犠牲になった霊が　安らかな浄土に導かれますように

ここには、ヤマト王権の軍勢とそれを迎え撃つエミシ、それゆえ敵と味方の区別なく、また人間のみならず、鳥獣虫魚の類にいたるまで、まさに生きとし生けるものすべての命の供養という思想が、真っすぐに語られていたのではなかったか。この願文と、水戸辺の鹿踊供養塔とのあいだを、どのように繋ぐことができるのか、そう、思いを巡らしています。たとえば、東北の敗者の精神史の流れのなかで、そんな問いかけをしてみたい、と願うのです。

わたしはまた、ここで、賢治さんを呼び招かずにはいられません。『春と修羅』に収められてあった「原体剣舞連」という詩です。賢治さんは大正六（一九一七）年、地質調査のために岩手県江刺郡を訪ねました。そのとき、原体村で見た剣舞という民俗芸能の印象を元にして作られた、なにか宇宙へと伸び広がってゆくような、スケールのとりわけ大きな詩です。達谷の窟と悪路王の伝説を背景にして、「銀河と森とのまつり」が描かれ、「打つも果てるもひとつのいのち」という祈りの言葉へと連なってゆくのです。

かくして、中尊寺建立供養願文から鹿踊供養塔へ、さらに「原体剣舞連」へと途切れがちの系譜をなして繋がってゆく、東北のいのちの思想といったものを思い描くことは可能でしょうか。それはきっと、仏教からのはるかな逸脱をはらんで、はるかな縄文から、海山のあいだに生きられてきた自然観や死生観により深く根ざしながら、生成を遂げてきたものでありました。東北に伝わる民俗芸能のなかには、賢治さんがたしかに気がついていたように、東北のローカルな泥にまみれたいのちの思想が秘せられているのだ、と思いたいのです。

＊＊＊

さて、生まれてはじめて、能舞台のうえでお話をさせていただきました。

そもそも、話のオチなどありません。とても困っています。いや、途方に暮れています。大言壮語でもするかのように、「しなやかにして、したたかに。汝の名は」という言葉を書きつけていました。汝の名とはなにか。

東日本大震災のあと、原発事故がもたらした、世界の終わりのような光景の底にいて、男性や父なるもの、政治などのひ弱さや無力さに遭遇したのでした。もはや、あと戻りのできない体験となりました。わけても、巡礼のように海辺の村や町を歩いた日々に、見たこと・聞いたこと・感じたことのほとんどはいまだ、わたしのなかで混沌として渦を巻いており、手に負えません。それをなんとかいくらかでも整理しておきたいと思い、まぼろしの講演会の企てとなりました。これにて幕引きです。

汝の名とはなにか。そこにたどり着くために、トラウマだらけの記憶の雑多な穴蔵から、忘れかけているものたちを曳きずりだして、さらに、つたない思索と歩行を重ねてゆくことにします。名づけがたきものたち、妖しいものたち、幽(かそ)けきものたち、頼りないものたち、小さなものたち……との、はるかな和解と連帯のために。

わたしたちが裸に剝(む)かれて、存在の怯えの縁に追いやられ、どこかかぎりなく深い暗渠(あんきょ)に突き落とされたとき、なににすがり、なにを乞い、たれを恋いもとめるのか。

生きとし生けるもの、すべての命のために、わたしはいったい、なにを捧げることができるのか。

だから、何度でも、汝の名は。

第二夜
東北から、大きなさみしさを抱いて

思いがけず、第二夜の独り語りとなりました。

トラウマという言葉には、畏れと戦(おのの)きが潜んでいます。

精神的な外傷、病原性の秘密、語られざる記憶。

それぞれに被災のかたちがあり、それぞれに身や心に刻まれたトラウマの影があるのです。

それにしても、さみしさのかけらが、どこにでも転がっていました。

大きすぎるさみしさが、津波に喰われた海辺の村や町を覆っていました。

巨大な防潮堤ができて、どこもかしこも建設工事の現場になるころには、耐えがたいさみしさが束になって、踏みだそうとする足が凍てついたものです。

それにしても、美しい、と感じた瞬間があったことを、忘れることはありません。

人が海から、大地から拒絶されている、その厳粛なる現場でありました。

思想の原基などという、耳慣れぬ言葉が浮かんだ瞬間でありましたか。

わたしたちはいま、中世のような世界の入り口に立たされているのかもしれません。

そう、天災と戦乱と飢餓に覆われた、そんな時代の訪れです。

被災体験に触れる

東北には友人や知り合いがたくさんいます。あるとき、ふと気がつくと、消息が途絶えていたり、神隠しにでも遭ったように消えてしまった知り合いが、何人もいるのです。周囲のだれかれに尋ねても、そういえば、あれ、どうしてるのかな、噂も聞かないな、といった短い答えが返ってくるだけです。震災の直後には、ひき籠もりがちであった人が、やがて携帯が切られ、フェイスブックなどからも消えて、存在そのものが見えなくなるのです。そうして消えてゆく人たちが多すぎて、だれもみな、それを気にかけている余裕が失われていたのでしょう。そもそも、声高に語られることはなかったのです。

自分の身近で起こっていたこと、いくつかの被災体験に、まず触れることから始めてみようと思います。ただ、プライバシーにかかわる部分があるので、ボカしてお話しすることになります。

その前に、自分のことをすこしだけ書いておきましょう。震災後に、精神的に不安定になった人は多かったと思います。わたし自身、震災からの七、八か月ほどは、眠りが極度に浅くて、二、三時間しか続けては眠れない日が多かったのです。昼間の居眠りで補っていたような。それでいて、震災復興にかかわる公的な会議に参加したり、講演や取材にもひっきりなしに追われて、緊張をほどけぬままに駆けずりまわっていました。ひどい風邪をひいても、仕事のキャンセルなどできず、休めなかったのです。

ついに、からだに急ブレーキがかかりました。まったく声が出なくなったのです。いくつも病院にはかかりましたが、原因はわからず、処方らしきものもありませんでした。わたし自身はそれを認めることを拒みましたが、精神的なものであったかもしれません。それでも、そのお蔭でというべきか、ひと月ほどは人前に出られず、強制的に仕事を離れ、休息だけは取らざるをえなかったのです。その後も声はなかなか戻らず、昔のようには出なくなりました。

いまにして思えば、あまりに頭ばかりが研ぎ澄まされていて、まともな精神状態ではありませんでしたね。念のために言い添えておきます。わたしはその年の元日付けで、山形の大学を辞めていたので、三・一一は東京の自宅にいて、東日本大震災に遭遇しています。仙台にあった事務所は使えなくなりました。とはいえ、そこで暮らしていたわけでもなく、それからは、仙台の仲間たちを支援する側にまわったのです。そして、四月以降は、時間さえあれば被災地を訪ね歩く日々となりました。そんなわたしですら、あきらかに精神的な失調を来していました。あれほど、むやみに涙を流す日々は、二度とないだろうと思います。

さて、身近な事例報告のようなものを書きかけて、とてもできないとわかりました。どれもこれも、あまりに生々しい見聞ばかりなのです。だれが震災の当事者なのか、わかりにくいところもあります。ある知り合いは、仙台市内で震災に遭遇していますが、実際に津波を体験したわけではなく、家族にも犠牲者はいません。そうした間接的なかたちでの被災体験であっても、トラウマを抱えている人はたくさんいましたし、いまもいることでしょう。外からは目立たず、まるで気づかれていなかったりします。その人は、抽きだしいっぱいの領収書の束で、破綻が一気に露呈して、去っていきました。

こんな作り話はいかがですか。

ある家族の物語です。祖母が臨終まぎわだということで、外に出ていた子どもや孫が呼び集められていました。そのとき、地震が起こったのです。避難することもならず、やがて津波がやって来て、家族はばらばらになりました。父親は娘の手を引いて、二階に駆けあがるのですが、すぐ眼の前の大きな家の屋根を越えて、襲いかかってきた津波によって、その家は浮かされ押し流されたのでした。父親は娘の手をとうとう離してしまいました。

そうして、たった一人生き残ったのです。家族はみんな、おばあちゃんに連れていかれました。避難所では、父は娘を助けられなかったことをひたすら嘆き、自分を責めつづけていた、ということです。

こういう話をくりかえし聞かされました。たんに家族を失ったということではなくて、愛する家族のだれかを助けることができなかった、そんな自分を許せず、責めることしかできないのです。そんな罪責感（サバイバーギルド）をめぐる小さな物語が、いたるところに転がっていました。

さまざまな被災体験があり、それぞれに刻まれたトラウマがあります。それが集約される場所が、いくつかあるのかもしれません。そのひとつがまさに、サバイバーギルドと呼ばれるものでしょうか。生き残ったがゆえの罪。津波被災地のそこかしこで、〈なぜ、死んだのはあの人で、生き残ったのは自分なのか〉と、罪責感とともに問いかける人々に出会いました。それはたんに、肉親との死別とはかぎりません。見ず知らずの他者の死においても、この問いがいたるところに転がっていたのです。〈なぜ、自分が生き残ったのか、なぜ、あの人が死んだのか〉という声が、もしかすると秘めているのかもしれない、たとえば現存在の秘密のかたわらに踏み留まってみたいのです。

地震や津波というのは、自然がときにもたらす巨大な暴力であり、カタストロフィーですね。そこに立ち会わされることになった人間たちは、それぞれに、生と死の裂け目を無情にも覗きこむことを、いやおうなしに強いられるのです。人は避けがたく、ほんの気まぐれな偶然から、ある者は生き残り、ある者は死んでゆくのです。巨大な災害のあとに、たまたま生き残った人々はどんな思いを抱えて、どのように生きてゆくのか。思えば、それこそが人間たちの歴史を、もっとも深いところから突き動かしてきたものかもしれません。唐突に、思想の原基などという耳慣れぬ言葉が浮かびました。わたしたちはいま、まるで中世のような、災害と戦乱と飢餓が切れ目なくうち続く時代の訪れを予感し、かすかに怯えているのではないか、と考えることがあります。声高に、自己責任という言葉が唱えられるのを苦々しく感じながら、日本の中世などはその自己責任と哄笑（こうしょう）に彩られた社会ではなかったか、と思うのです。

なぜ、わたしが生き残ったのか

瀬尾夏美さんとは、震災後にはじめてお会いしました。東京藝大を卒業したばかりでしたか。瀬尾さんは震災後に、小森はるかさんと二人で、陸前高田の隣りの町に移り住んでいます。そこから陸前高田に通って、被災者からの聞き書きをずっと続けてきたアーティストです。この人は作家でもあり、その繊細な言葉にたいする感受性に惹かれてきました。すでに、『あわいゆくころ』や『二重のまち／交代地のうた』など、何冊かの著書を出されています。

瀬尾さんは聞き書きのなかで出会った言葉を編んで、いくつもの大切なテクストを紡がれています。いつであったか、「Kさんが話していたことと、さみしさについて」というテクストに出会いました。そこから抜き書きしておいた、こんなKさんの呟きの言葉が、パソコンのなかに残っていました。

なんで私が生き残っちゃったかなあって、思うの。
却って流されない私たちの居づらい気持ち、なんだかなあ。
私の友達がね、市役所で避難する人を誘導してたんだって。そしたら目の前でお年寄りが転んだんだって。それを助けて支えて3階まで上がってた所で津波が来たんだって。それで助かったんだって。だからね、助けっぺって言って亡くなった人もいるし、逆に助けられた人もいるんだってね。そこらへんの違いが出てくんだってね。もう運だよな。津波てんでんこっていうけど、本当にてんでんこなんだっけな。

「Kさんが話していたことと、さみしさについて」はとても優れたテクストです。そこに拾われていた、呟きの声の肌触りをそのままに残した言葉たちには、なにか突き放したように愚直な、いや、厳粛なユーモアが感じられます。震災から一年も経たぬ時期であるからこそ、かろうじて出会うことができた言葉ばかりです。

なぜ、わたしが生き残ったのか、なぜ、わたしの家が流されなかったのか。それはたんに、ほんのすこしだけ自分の方がほかの人よりも運がよかった、ただ、それだけのことだ。でも、その運がすこしだけよかったことも、なんだか喜べない、喜んではいけない気がする、気分が落ち着かない。

そういえば、明治と昭和の三陸大津波においては、生き残ったことを非難された人たちがいたようですね。乳飲み子を抱いて、やっとのことで生き延びた若い母親たちです。家族のなかの年老いた人たちを助けなかった、置き去りにして、自分と子どもたちだけが助かった、と非難されたのです。幼な子を抱いて、なんとか逃げて助かった母親たちは、震災のあとに、亡くなった義理の父や母の遺影の前で、なぜ、大事な親を助けなかったのか、なぜ、お前だけ生き残ったのか、と責められたらしいのです。そして、のちに、自死を選んだ女性たちがいたと、ある本のなかで見かけました。家族の絆、情愛の深さも、その裏側には、命の重さ・軽さに応じた暗黙の責務のようなものが貼りついています。その絆や呪縛を断ち切ることが、とてもむずかしいのです。

だから、「津波てんでんこ」という言葉が面白おかしく語られたことがありますが、あの言葉が切実に必要とされたことにこそ、眼を向けるべきでしょうか。震災から二か月くらいの時期に、岩手県の遠野市でシンポジウムをやりました。そのとき、三陸のある町長さんが、こんな話をされていたのです。幼いころから、地震があれば津波が来っから、俺を置いて逃げろ、という言葉を、母親からくりかえし、くりかえし聞かされて育った、津波てんでんこっていうのはそういう言葉だ、と。つまり、親である、母である自分への情愛が、息子が逃げることの足枷(あしかせ)になり、息子を死の道連れにするかもしれない。だから、津波のときには、自分を置いて逃げろと、愛する息子に語り聞かせていたのです。絆という、いかにも広告代理店が仕掛けた言葉が、気味わるく世間を覆っていた時期がありました。むしろ、三陸の被災地では、その絆を絶ってでも生き延びよ、と母が子に教えていたことを忘れるわけにはいきません。

大きな災厄に見舞われたとき、自分が、自分だけが生き延びることへの罪責感というのは、かぎりなく深くて、どこか普遍的なものにも感じられるのです。たとえば、太平洋戦争の戦場から生きて還ってきた兵士たちのなかに、亡くなった戦友への罪責感が見え隠れしていることに、わたしはある関心を抱いてきました。大義なき戦争で無残に死んでいった仲間たち、あいつが死んで俺が生き残った、この俺にそれほどの価値があるのか。サバイバーギルドと呼ばれるような罪責感は、大きな災害だけではなく、戦争というフィールドにおいても、しばしば見いだされるのですね。

宮地尚子さんの『トラウマ』(岩波新書、二〇一三)という本には、こんな一節がありました。「一般に喪失体験には、トラウマのような強い恐怖はありません。ただ、複雑性悲嘆や外傷性悲嘆といって、事故、事件、災害など突然で暴力的な死別の場合、恐怖によるトラウマ反応と悲嘆反応がないまぜになってしまうようなことがあります」と。あの〈なぜ、死んだのはあの人で、生き残ったのは自分なのか〉という罪責感は、喪失のもたらす悲嘆そのものではなさそうです。それでは、それは「恐怖によるトラウマ反応と悲嘆反応がないまぜに」なったものでしょうか。しばらくは曖昧なままにしておきます。

人間の根源的な無責任について

さて、わたしはここで、熊谷一郎さんの『回復するちから』(星和書店、二〇一六)という本に触れてみようと思います。この著者は、いわき市内で精神科のクリニックを開業されているとかで、たまたま書評の依頼があって読みました。とてもいい本でした。どんな書評を書いたのか、確認したかったのですが、残念ながら見つかりません。それでも、ラインの念入りな引き方を見れば、気に入ったことはわかります。

いま、取りあげてみたいのは、その「緘黙(かんもく)する少女」と題された第五章です。じつは、震災後に何度か、福島県の被災地の中学校や高校で頼まれて授業をしたことがあります。あまり、そういう機会もなく、こちらが慣れていないこともあって、ジブリ・アニメを題材にしているのに、意外に盛りあがらない。そんなときは、すぐに教壇を降りて、生徒たちのあいだを歩きながら、じかに問いかけ参加してもらう授業に切り替えます。民俗学者はたぶん、聞く力だけはそれなりにあるのです。

そのとき、別の学校ですが、二人の緘黙の生徒に出会いました。あらかじめ情報があるわけでもなく、話しかけても、頬笑んでいるばかりで、戸惑いながら、答えてくれるのを待つのです。たいてい、まわりの生徒たちがさり気なくフォローしてくれます。優しいですよ。とても繊細で、その子を傷つけないように、場面転換をはかることを知っているのです。どちらの場合も、そのようにわたしが助けてもらいました。

あとになって、熊谷さんの書かれた「緘黙する少女」を読んで、複雑な気持ちになりました。あの男の子と、あの女の子は、どんな苦しみを抱えて緘黙に耐えているのかと、すこし胸が苦しくなりました。

『回復するちから』には、プライバシーへの配慮から、現実の状況とは異なるように再構成された物語が収められています。その第五章の主人公の少女は、小学四年生のときに地震に遭い、津波で家を流されましたが、高台に逃れて命は助かっています。いまは六年生になっています。どうしても手を洗うのが止められない、という強迫症状のために、学校どころか外にも出られなくなって、心療内科クリニックに連れてこられたのです。まったくの緘黙状態でした。「自分が触れるもの全てが壊れてしまう、または（自分が）壊してしまう」といった、加害恐怖も見られました。

あるとき、母親が持参した少女のノートには、びっしりと細かい字で、「死ね死ね死ね

死ね死ね……」と数ページにわたって書きこまれてありました。ようやく精神科医とのかすかな応答が始まります。「死ね、死ねって、頭の中に、聞こえてくるんだね」と問いかけると、少女はうなずくのです。攻撃衝動ではない、むしろ、少女は責められているのです。それは幻の声だから、と伝えます。自分で自分を責めている、それをだれか他者から責められていると感じている。「死ね」という言葉が、なんらかの外傷性の記憶（トラウマ）に結びつき、みずからが苛（さいな）まれるような激しい幻聴になっているのかもしれない、と医者は考えます。

それから間もなく、少女はカウンセリング室で失神するのです。目が覚めると、少女はいわば解離状態のなかで、だれの声なのかもわからぬ声で喋りはじめました。その言葉が拾われています。より合わせながらの引用になります。若い男のような野太い声です。

お前が殺したんだろ、見殺しだよ。おれ見てたんだよ。お前が殺すの。お前だよ。お前。お前なんか、死ねばいい。なんでいつまでも生きてんの？　うるせえよ、お前。お前に何が分かんだよ。分かったような顔しやがって。……ってお前、それでも医者か。こいつはなあ、見ちまったんだよ。こんなちっちゃな男の子が、目の前で流されてゆくそのときの顔を。声も出せずに仰向けのまま、真っ白いだけの、男の子の顔を。見ていながら手を差し伸べることもせずに怖くなって、自分だけ山の上に逃げちまったんだ。こいつはそういう人間なんだよ。こいつはとんだ卑怯者なんだ。生きる資格なんてないんだよ。……じゃあなんで助けなかったんだ。こいつは。……だから結局は自分だけが助かりたかったんだろ。

現実であったり、非現実であったりする、いくつかの人格が交錯する現場です。若い男の声は、「ごめんなさい。ごめんなさい。ごめんなさい」とくりかえす少女を非難していたかと思うと、精神科医を罵りはじめて、その医者の声を蹴散らしながら、また少女自身へと戻ってきます。

少女はあの日、だれか幼い男の子が津波に流されてゆくのを目撃したのでしょう。それを、ただ眺めているしかなかった。助けようにも助けられずに、逃げるしかなかった。そうして、卑怯な自分を責めることしかできなかったのです。だから、人知れず、「死ね死ね死ね」と責める声に苦しんでいました。少女自身がそういう言葉を、自分自身に突きつけていたのですね。まさに「犠牲者に対し自分だけが助かってしまったことへの罪悪感や自責の念」（『トラウマ』）が、少女を追いつめていたわけです。幼い男の子か、自分か、という「疑似選択」を強いられています。どちらかしか助けられないとしたら、お前はどちらを助けるんだ、という、この疑似選択の罠から解き放つことが、まず求められています。

精神科医は少女に語りかけます。君は助かり、流された人は助からなかった、それだけがたしかな現実だ、君はそれでも、ただ、生きていけばいい、生きているだけでいい。被災して間もない、生傷の癒えないいまは、ただ生きているだけでいい。生きて在るものにできるのはただ、悲しみを悲しみとして素直に表わし、死者たちを供養してゆくことだ……、と。診療の現場ではきっと、はるかに深刻な紆余曲折があったはずですが、それは措きましょう。

＊＊＊

ところで、この『回復するちから』という本の序章には、堀田善衛さんの『方丈記私記』（ちくま文庫、一九八八）の一節が引用されていました。鴨長明の『方丈記』というテクストに注釈をつけるかたちで、現代が照らしだされる、思想書といってもよさそうな本です。

堀田さんはその一節において、みずからの体験と『方丈記』を重ねあわせにしています。敗戦の年の三月十日に、東京大空襲がありました。堀田さんはその渦中で考えていたことを、のちに回想するのです。すこし長くなりますが、あえてそのままに引用してみたいと思います。

一人の親しい女が、深川に住んでいた。そういうときに、真赤な夜空に、閃くようにして私の脳裡に浮んで来た一つのことばが、

火の光に映じて、あまねく紅なる中に、風に堪へず、吹き切られたる焔、飛（ぶ）が如くして一二町を越えつゝ移りゆく。その中の人、現し心あらむや。

というものであった。

その中の人、現し心あらむや。生きた心地がすまい、などと言ってみたところでどうにもなるものではない。深川のあの女は、髪ふりみだして四方八方の火のなかを逃げまわり、

或は煙に咽（むせ）びて倒（たふ）れ伏し、或は焔にまぐれてたちまちに死ぬ。

ということになっているにきまっているものであろうけれども、本所深川方面であるにきまっている大火焔のなかに女の顔を思い浮べてみて、私は人間存在というものの根源的な無責任さを自分自身に痛切に感じ、それはもう身動きもならぬほどに、人間は他の人間、それが如何に愛している存在であろうとも、他の人間の不幸についてなんの責任もとれぬ存在物であると痛感したことであった。それが火に焼かれて黒焦げとなり、半ば炭化して死ぬとしても、死ぬのは、その他者であって自分ではないという事実は、如何にしても動かないのである。

（傍点引用者）

深川に住んでいたのは親しい女といい、恋人であったかもしれません。東京の三月の夜空が、米軍の大空襲によって真っ赤に焼けている、それを、まるでドキュメンタリー映像のように、中世の『方丈記』に語らせています。深川の女が髪を振り乱し、炎のなかを逃げ惑い、死んでゆく姿すら、『方丈記』を借りて浮かびあがらせています。あえて、大きな火焔のなかに女の顔を想うのです。

それから、堀田善衛という作家は非情にも、人間という存在の根源的な無責任さを、さらに、それがいかに愛している者であろうとも、ほかの人間の不幸についてなんの責任も取れぬ存在物であることを、痛いほどに凝視していたのです。そうして、ゆかりの深い女の姿を思い浮かべながら、死ぬのはその他者であって、自分ではないという事実は、揺らぐことがない、と考えるのです。

この大空襲の死者たちのほとんどは、火焔に焼かれて黒焦げになり、なかば炭化した状態で発見された、といわれています。だから、自分の愛するその人も、そういう状態で死んでいったにちがいない、そう、堀田さんは想像を巡らしていたのです。死ぬのはいったいなにて自分ではなく、あの人である、という、この残酷な現実を前にして、人はいったいなにをなしうるのか、いかなる存在であろうとするのか。生き残った者だけが、このたやすくは解きがたいトラウマを、あくまで厳粛に背負わされるのです。

その理不尽に折り合いをつけるために

すでに触れてきた、宮地尚子さんの『トラウマ』という本を読んでいると、深々とした着想の泉に手足を浸しているような感覚になります。むろん、これはトラウマをめぐって紡がれた、実践と思索が絶妙に手をとりあう書物なのですが、たとえば、そこに「秘密の告白が時には症状からの劇的な回復をもたらすことがある」といった言葉を見つけて、一気に、『遠野物語』第九九話のかたわらにひき戻されてしまうのです。あるいは、「生活文化の中に潜在する治療的要素」という言葉に思いを馳せ、「葬儀や祭り、記念碑や記念日の儀式、シャーマニズムや宗教、地域によっては魔術や呪術など、民俗的な装置も必要です」といった言葉に励まされながら、あの福二さんが幽霊の妻に出会った物語を読み直してみたくなるのです。

あらためて、『遠野物語』第九九話を「秘密の告白」というキーワードを仲立ちにして再読する、そんな試みに、すこしだけ脱線してみようと思います。福二さんは妻の幽霊に出会い、妻があの世で昔の恋人であった男と夫婦になっているという、もうひとつの現実を突きつけられました。それから、いかなる症状であったかはわかりませんが、なにか心身症を久しくわずらうことになります。津波によって負わされたトラウマが、福二さんにとっては、妻は自分をこの世に置き去りにして、死んで、あの世であの男と夫婦になっているという妄想に凝縮されています。このトラウマをほどくためには、どうすればいいのか。「緘黙する少女」がそうであったように、隠されている「秘密」を表に顕わし、避けようもない現実として受け容れることでしょうか。

この幽霊体験は福二さんにたいして、心身の病いをもたらしています。その深みには、いわゆる「病原性秘密」が沈められていますが、それは福二さんだけが知ることです。そこからの治癒のプロセスには、イタコの仲立ちがあったのではないか、そう、わたしは大した根拠もない想像を語っています。すくなくとも、この「病原性秘密」としての幽霊体験は、宮地さんのいわれる「生活文化の中に潜在する治療的要素」としてのシャーマニズム、たとえば、東北に色濃く見いだされるイタコの口寄せのような民俗的（フォークロア）な装置によって浄化された、その可能性はありそうな気がするのです。魂が抜けたように憔悴しきった福二さんは、眼の見えないイタコを訪ねて、幽霊譚をはじめて告白し、イタコの導きで妻との再会を果たしていたかもしれません。そこには心理療法の専門家は不在です。イタコや拝み屋さんこそが、心身の病いを癒すセラピストの役割を果たしていたのです。

思い返してください。福二さんの幽霊譚が、海辺の田の浜から、実家のある内陸の遠野に伝わり、さらに『遠野物語』の聞き書きの現場にたどり着くまでには、ほんの十数年しか経っていないのです。イタコの仲立ちの可能性は措くとして、それほどの時間を経過することなしに、福二さん自身によって家族には告白されたのでしょう。そうして、福二さんは「病原性秘密」の縛りから解放されて、こちらの世界に還ってきたのです。それはしかも、家族の物語として子どもらに受容されたばかりか、ときを経ずに、ムラの人々みなが知ることになったのです。数代にわたって語り継がれて、家族の内なる神話になっていった可能性がありそうです。

これはすべて、『遠野物語』第九九話には書かれていない、いわば後日譚に属することです。宮地さんの「秘密の告白が時には症状からの劇的な回復をもたらすことがある」という、蜜のように甘い囁きにそそのかされて、遊んでみました。だれかに秘密を告げ知らせること、だれかの秘密を受け容れること、そうして秘密を浄化すること。とはいえ、あらゆる秘密が病原性のものであるわけではありませんね。秘密のない世界は透明すぎて、かえって息苦しく耐えがたいものかもしれません。これは病原性の、記憶なのです。

すでに、和解というテーマには触れてきました。人はいつだって、数も知れずあやまちを犯しています。途方に暮れずにはいられないほどに。しかし、そのあやまちの数だけの和解が必要とされているかといえば、そうではないでしょう。他者、家族、社会、あるいは、自然と和解すること。生きとし生けるもの、すべての命と和解すること。どれもみな、たやすいことではありません。とりわけ、ひとりの他者が突然、永遠に「呼び返せない世界」へと去っていったという事態に、その理不尽さに、いかにして折り合いをつけることができるのか。そこにこだわりたいのです。

＊
＊
＊

震災のあとに、わたしがいつも読み返していた文章のひとつに、敬愛する精神科医の中井久夫さんの『清陰星雨』（みすず書房、二〇〇二）という本に収められた、「記憶の風化ということ」と題されたエッセイがあります。わたしはそこで、和解という言葉とのささやかにして鮮烈な出会いをしています。

そこには、「災厄の記憶は風化でなく浄化されるべきものだ」という言葉がありました。何度、この言葉に、このエッセイに励まされたことか。そういえば、この夏に、中井久夫さんは亡くなられましたね。合掌です。

浄化とは「喪の作業」といわれる過程である。自分にとって重要な人が亡くなった後、もはや永遠に去って呼び返せないという事態の理不尽さに折り合いをつける過程である。これが仏教でいう「成仏」だ。成仏は実際は生き残った人の心の問題であると私は思う。

しかし、喪の作業の速度、強度は人ごとに違う。死者との関係、死者の年齢、生き残った者の性格や歴史によって違ってくる。遺族と非遺族、目撃者と非目撃者、死者との親しさの違い。いじめっ子だとて、相手が突然「呼び返せない世界」に去れば、和解の機会は永遠に失われて、いつまでも加害者であるという心の傷を持って生きねばならない。〈略〉

特に非業の死を遂げた人は成仏せず、祟るという恐れにはわが国古代以来の長い歴史がある。

（傍点引用者）

とてもたいせつなことが、かぎりなく精妙に語られています。災厄をめぐる記憶は風化に任せるのではなく、浄化されるべきだが、その浄化とは「喪の作業」の過程だ、といわれています。それはまた、大事な人が亡くなったあとに、その人が「もはや永遠に去って呼び返せない」という事態の理不尽さに折り合いをつける過程である」と、すこしずつ位相をずらし変奏されていきます。そして、その数行あとには、こんな言葉がありました。だれかが突然、「呼び返せない世界」に去ってしまえば、その人との和解の機会は永遠に失われて、いつまでも「加害者であるという心の傷」を抱えて生きなければならない、と。ここで加害者という言葉が使われているのは、いじめという問題に触れて書かれた箇所だったからです。この加害者という言葉は、なぜ、生き残ったのはわたしで、死んでいったのはあの人なのか、という問いのかたわらに、不即不離でつねに転がっていますね。ここに見える和解という言葉に仲立ちされて、『遠野物語』第九九話を、より深く読みほどきたいと願ってきました。

ここでの中井久夫さんの言葉は、先ほども触れました堀田善衛さんの『方丈記私記』と、深いところで響きあっているように感じられます。そこには、戦争について語られた、こんな一節がありました。断片的により合わせるかたちで紹介します。戦争という厖大(ぼうだい)な事件は、「その巨大なまでに空しい必然性のなかに、無限の偶然性を内包して」いる。人々がぶつかる、「その一つ一つの偶然性の総体」が、「一人一人の場から見ての戦争そのものであった」といえるのかもしれない。そして、その「一つ一つの偶然性」は、「一人一人の生と死」に深くかかわっている。そう、堀田さんは書かれています。戦争について語られた言葉なのですが、これは巨大な災害に遭遇したときに強いられる、偶然と必然という普遍的なテーマの変奏でもあると思います。

巨大な地震や津波、あるいは戦争の抗いがたい渦中にあって、人間たちはときにみずからの根源的な無責任に打ちのめされ、他者の死や不幸から身を潜めながら、それでも、ときにその理不尽な事態に向けて、慎ましくも浄化と和解の道を探りもとめようとするのです。そうした弱きものにして、しなやかに、したたかでもある存在、それこそが人間という存在だといってみたい気がするのです。

引用の終わりでは、いくらか唐突に、非業の死を遂げた人と祟(たた)りの怖れに触れられていました。たしかに、わたしたちの古代以来の歴史のなかには、いわゆる御霊(ごりょう)信仰から祓の祭礼へ、そして鎮魂の物語や夢幻能へと繋がってゆく、いく筋かの文化の鉱脈が見え隠れしています。思えば、政治的なるものが友敵理論に呪縛され、みずからの使命(ミッション)として、なによりも鎮魂や浄化といったテーマがあったことを忘却していることこそが、この時代の最大の不幸であるのかもしれません。『古事記』という神話の書が、まつろわぬ民の鎮魂に捧げられていたことを想い起こさねばなりません。

巨大な体積をもったさみしさ

そういえば、瀬尾夏美さんの「Kさんが話していたことと、さみしさについて」というテクストには、こんな瀬尾さん自身の呟きの言葉が残されていました。

なんだろう、ここにある、とにかく巨大な体積をもったさみしさは。町が流されて、人が流されて、それと引き換えに置いていかれたさみしさが結合していく。それが町全体の景色を覆っている。その様子は、目で見ることが出来る。それは大きな塊で、中身はがらんどうで、少しだけ宙に浮いて存在している。〈略〉さみしさがお互いに結合しあって、塊として存在しているからこそ、この町はこんなにも静かに、このような状況でも、営まれているのだろう。ちなみにわたしはそのさみしさのなかに入ったことは一度もない。

さみしさとはいったいなにか。かなしさではなく、さみしさという言葉がくりかえし使われています。仏教的な、たとえば無常観といったものには、還元してはいけない、したくないのです。なにか、たいせつな気づきがそこにはあります。

陸前高田という町に通いながら、そこに生きる人たちの声に耳を傾けているとき、ふと、瀬尾さんが感じたことを素直に書き留めた言葉でしょうか。ほかの場所でも、このテクストのなかにはくりかえし、さみしさという言葉が使われています。それをはじめて見かけたときから、わたしのなかで、この若いアーティストにたいする信頼は揺るがぬものとして存在しています。

それがいったい、なにを意味しているのか、彼女がわかっているわけではなさそうです。ただ、そこにあるのは、なにか巨大な体積をもったさみしさ、とひとまず呼んでおくしかないものです。大きな津波がやって来ました。町が流された、人が流された、それと引き換えに、さみしさと呼んでみるほかない、薄く青い、姿もかたちもないなにか巨大なものが、だらりと置いていかれたのです。瀬尾さんはたしかに、それをみずから目撃したのですね。それらのさみしさが寄り集まって、うずたかく積みあげられて巨大なさみしさとなり、町の景色を丸ごと覆っていたのです。あのころはまだ、町中そこかしこに、瓦礫と呼ばれているモノたちが小山を連ねていたはずです。瓦礫はきっと、人恋しい匂いが残っていて、かなしさはあれど、さみしさはなかった、ような気がします。

瀬尾さんがどこかで、さみしさという言葉のかたわらに、美しいという言葉をそっと置いているのを、見かけたことがありました。津波に洗い流された夜のまちを眺めながら、だれかたかだの人が、ああ、きれいだなあ、と呟く場面に立ち会ったことがありますよ、そう、瀬尾さんが話してくれたことがありました。夜のまちの底にいくつかの光が点滅し、揺れているのです。それがとても懐かしく、とても美しかった、というのです。

なんであれ、そうした言葉たちは、たとえ心に浮かんでも、みな抑えこまれて、他人には聞こえないようにするものです。美しいなんて絶対にいえない、口にはできない。けれども、この、さみしさと美しさという言葉が身を寄せあい、佇んでいるのは、けっして偶然ではないと思います。けっして小さな問題ではありません。日本の文化史のなかには、「物のあわれ」なんて言葉がありますし、仏教には「無常」といった言葉もありますが、はるかに遠い情緒になりましたね。『方丈記』などは、高校生のころからの愛読書ではありますが、ただちにできあいの場所に回収するのは避けたい、と感じています。

じつは、わたし自身、たった一度ですが、被災地の情景を前にして、その荒涼とした美しさに息を呑んだことがありました。南相馬市小高の村上海岸でした。大学生の島尾敏雄さんが、いとこの子どもらと遊んだ浜辺です。さらにいえば、震災の年の四月二十日の夕暮れに、原発から十五キロ地点の交差点に佇みながら、潮騒に耳を澄まし、遠く眼を凝らした、そのあたりなのです。白い波しぶきが見えました。そこに海があったのです。

震災の翌年の秋の終わりでした。十数メートルの黒い津波に舐め尽くされた海岸にいました。人間たちが長い歳月をかけて、鉄骨や石やコンクリートで織りあげてきた橋や道路や、建物や墓地や排水機場などが、見渡すかぎりひとつ残らず消えていたのです。河口付近からは、すべてが破壊され、いずこへとも知れず押し流され、沈められて、人間の痕跡というものがかけらもなかったのです。切られるように寒かった。震えが止まらなかった。あまりに凄絶な、むごたらしい海辺の風景に、息を継ぐことも忘れていたのでした。それなのに、わたしはたしかに、人間(ひと)を完璧なまでに拒み抜いた、その風景の非情な美しさに打たれていたのです。忘れることはありません。わたしはそのとき、きっと、「巨大な破壊力や、廃墟の荘厳に通ずる、死の美しさ」に立ち会っていたのだ、といまにして思うのです。

安部公房の『砂の女』（新潮社、一九六二）という小説に見えていた言葉です。そこには、こんな場面がありました。砂の穴からのつかの間の逃亡に成功した男が、そこに見いだすことになった、妖しいまでの金色に輝く砂丘の稜線の美しさについて語られた一節です。

美しい風景が、人間に寛容である必要など、どこにもありはしないのだ。けっきょく、砂を定着の拒絶だと考えた、おれの出発点に、さして狂いはなかったことになる。1/8m.m. の流動……状態がそのまま、存在である世界……この美しさは、とりもなおさず、死の領土に属するものなのだ。巨大な破壊力や、廃墟の荘厳に通ずる、死の美しさなのだ。

風と水が砂に刻んだ風景の紋様なのです。砂丘の稜線は、砂という流動する存在の造形でありながら、死の領土に帰属させられている美しさに彩られていたのです。自然が気まぐれにもたらす破壊的なカタストロフィーを前にして、わたしたちはとりあえず、怖れ戦くことしかできません。瀬尾夏美さんが、さみしさと美しさについて語っていました。わたしはいま、さみしさとかなしさの対比について、きちんと考えてみたいと思うのです。

第三夜

渚にて。潟化する世界のほとりで

壊れた海辺の風景を眺めながら、ただ歩いていたのでした。

海がそばにありました、海を眺めてばかりいました、海について思いを巡らすことが多くなったのです。

海と渚や潟をめぐる物語のかけらの、雑多な群れのようなものです。

思えば、泥の海との出会いから、なにかが大きく転がりはじめたのでした。

いつであったか、不意打ちでも食らわすかのように、潟化する世界という言葉が浮かんだのです。

言葉が、まず先に立って、思考が思いがけぬ方位へと転がりだすのです。

寄物（よりもの）という言葉もまた、未来へのかすかな予兆に満ちています。

ゴジラは一匹の寄物である、などといえば、笑われるでしょうか。

さて、夏の踊りの第三夜、無主の海へ。

潟化する世界に出会った

いくつかの、わたしにとっての震災の原風景があります。そのひとつを泥の海と呼んできました。くりかえし海と陸の境を越えて、いくつもの泥の海に出会いました。

すでにお話ししてきましたが、わたしは警戒区域が設定される前日、四月二十日の夕暮れに、南相馬市の小高の海に近いある交差点にいたのです。東京電力福島第一原発から十五キロほどの地点でした。アスファルトの道路は津波に横腹をえぐられ、ところどころ崩れ落ちており、その下には、見渡すかぎり泥の海が広がっていたのでした。それが、はじめての泥の海との遭遇だったのです。「この下には、なにがあったの」と仲間に問いかけると、「水田ですよ」という答えが返ってきました。かれはこの土地の出身であり、当然のことに、津波によって奪われた震災以前の風景を知っていたのです。

その翌日、南相馬市の鹿島を車で案内してもらいました。そこにも、泥の海が視界の果てまで広がっていました。震災の前の道路も地形もなにひとつ知らず、まるで池か沼のように見えました。その縁を迂回するように、車はゆっくりと走りました。電信柱や小屋のような建物、ときには自動販売機が、泥の海のなかに浮かんでいるのです。なんだか居心地わるそうに傾いだり、下の方が沈んでいたり、どれもこれも脈絡が切れて点在しているのです。八沢浦干拓地という地名を教えられました。

それ以降、さまざまに関わりが生まれた南相馬には、数えきれないほど通いました。泥の海の素性を知りたいばかりに、古い地図を探し、史料を集め、市史などにも眼を通しました。『八澤浦物語』（金の星社、一九四三）という本をネットの古書店で手に入れています。八沢浦干拓地という地名は、とても雄弁にみずからを物語りしています。もとは浦、あるいは潟湖だったのです。八つの沢が流れこむ浦ですね。水深が一、二メートルの潟湖になっていたようです。明治三十年代から、大規模な干拓事業が始まりました。昭和十年代には、八沢浦は広大な水田地帯に生まれ変わって、八沢浦干拓地と呼ばれるようになったわけです。

その干拓のエリアがそのままに、津波によって水没していたのでした。道路をはさんだ高台には近世以来のムラがありますが、津波はまったく届いていなかった、と聞いています。ここでも、寺田寅彦が語っていたように、時の試練に耐えた場所は災害にたいして強かった、ということでしょうか。土地の人たちが、「浦に戻ったのさ」「江戸時代に還ってしまったよ」と語るのに出会いました。百年前には、そこが海であった記憶は、いまもはっきりと残っているのです。

津波によって、つかの間、そこかしこに失われた昔の風景が出現しました。やがて、絶滅危惧種とされていたミズアオイ（水葵）の群落が、あちこちに生まれました。百年足らずの水田風景の底に、ひっそり眠っていた種子が蘇ったのです。紫色のとても可憐な花を咲かせる草ですね。

このミズアオイはメディアにも注目され、よく新聞紙面を飾りました。数多くのアーティストたちが参加して、水葵プロジェクトを立ちあげ、さまざまにアートイベントを展開したことも、いまだ記憶に鮮やかです。福島市内のわたしたちが運営するギャラリーでも、小さな展示をおこないました。

そうして、ほんのつかの間、ミズアオイは震災復興のシンボルに成りあがりましたが、皮肉なことに、復興が進んでゆくと姿を消していきました。思えばそれは、そこが浦であった時代の生態環境にこそふさわしい植物なのです。また、地中に埋もれて、種子のかたちでしばしの眠りについたのでしょう。人間たちはまた、絶滅危惧種と嘆きをこめて懐かしむのでしょうが、かれらの生命力はなかなかに強いのですね。いずれコンクリートが剝がされ、地下水が泉となって湧きだせば、そこにミズアオイは群落を成して復活することでしょう。生きとし生けるものたちは、いわば人間たちの思惑とは無関係に、別の尺度や時間を抱いて生きているということでしょうか。

ともあれ、泥の海はかつての潟湖の面影を、ほんの一瞬だけ幻影のように浮かびあがらせて、わたしたちの前から姿を隠しました。いつしか、潟化する世界といったイメージが像を結びはじめたのでした。近代になって、この泥の海が、くりかえし神話的な想像力のなかに再生を遂げていたことに、気がついたことがありました。

なぜかは知らず、近代に起こった新興宗教の創成神話のなかには、この泥の海がくりかえし登場してくるのです。たとえば、大本（おおもと）教の開祖である出口ナオの『大本神諭（おおもとしんゆ）』天の巻には、やがて、この世の建て替えのときが訪れるが、そのとき、この世はいったん泥の海になる、と語られていました。天理教の教祖、中山みきの『おふでさき』には、おや神さまが泥の海のなかで、人間の創造と生成の守護を始めてから、しだいにいまのような人間になった、とあります。さらに、この世のはじまりは泥の海だったが、そのなかにはドジョウばかりでなく、魚や蛇が混じっていて、夫婦として交わったことで、この世に人間の祖先が誕生した、とも語られていました。

こうして、新興宗教の天地創成神話のなかに、泥の海が顕われることは、けっして偶然ではないと思います。泥の海はまさしく、世界の終末を彩る原風景であると同時に、そのカオスの底からは、新しい人間や秩序が生成を遂げてくる、世界のはじまりを寿ぐ原風景でもあったのです。

じつは、世界のさまざまな民族の創成神話のなかには、鳥獣虫魚のだれかが神に命じられて、命懸けで海の底の泥を取ってくる神話があるのです。その泥を素材にして、世界や人間や動物たちが造られたと語られるのです。ひとつだけ、『世界神話事典』(大林太良ほか編)から紹介します。シベリアの少数民族・ブリヤート族の神話によれば、原初のときには、世界は混沌として、闇のなかに創造神がぼんやり浮かんでいたのです。神は天と地を分離しようと決めて、はじめに野鴨を造りました。野鴨は水中にもぐり、くちばしに泥をはさんで戻ってきました。神はこの泥で母なる大地を造り、さらに植物と動物を造った、ということです。

泥の海はまさしく、世界の終わり／はじまりにからみつく、ある神話的なイメージの源泉なのです。深い海の底からもたらされた泥から、人や生き物が創られると聞くと、子どもたちの泥んこ遊びが浮かびますね。そればかりでなく、人間たちはきっと、津波や高潮や洪水といった天災のあとに、泥の海をくりかえし目撃してきたことでしょう。そうして攪乱(かくらん)された大地のうえに立って、残され人たちは深海の泥を素材にして、あらたに世界を造りなおすための営みに取りかかったのです。

しかも、生命の起源をめぐる近年の研究では、火山の噴火口と並んで、数千メートルの深海の泥のなかに、生命の起源の可能性が見いだされています。震災から四十日後の、あの夕暮れの小高で、わたしはもしかすると、泥の海の神話が生まれてくる現場に、それと知ることなく立ち会っていたのかもしれません。

海岸線は揺らぎのなかに

泥の海との出会いから、さほど日を置かずに、わたしは柳田国男の「潟に関する聯想」というエッセイを読んでいます。この、柳田にとっては初期に属する、つまり若書きの小さな論考は、以前に読んだことがありましたが、大して心に残るものではありませんでした。ところが、八沢浦が干拓され水田地帯になる前には、そこが浦であり、潟湖をなしていたことを知ったとき、そういえば、柳田には潟についての小論があったな、と思いだしたのです。さっそく、『定本柳田国男集』を引っ張りだして、再読してみたのでした。

ちょっとした衝撃に見舞われました。ひとつの論文や本が、ときを経て再読する機会があり、まるで印象が一変することは、むしろよくあることでしょう。このときも、自分が見た泥の海に捉われていたわたしは、若き柳田の、いわば民俗学以前の眼差しの深さに、どこか異様な驚きを覚えたのでした。

ただ、この時期の柳田はいまだ、日本全国を隈なく歩いていたわけではありません。おそらく、収集していた二十万分の一の地図を机上で眺めながら、潟のある風景を想像していたのです。柳田によれば、日本列島には二種類のタイプの潟がありました。日本海側では、風景の特色が潟に集まっており、それはあきらかに太平洋側の潟とは趣きが異なっている、というのです。地理学者はたいてい、太平洋岸の遠浅の潟について論じているが、むしろ日本海岸のほうに「潟の趣味」を深く感じないわけにはいかない、と指摘したうえで、ここではもっぱら日本海側の潟を北から南へとたどってゆくのです。潮差のすくないことと、一定の方向、ことに海岸線に沿って吹く風の烈(はげ)しいことが、潟のできた主な原因であり、そうした潟が小さなものも含めて無数にある、と指摘されています。

柳田はたくさんの潟を取りあげていますが、ここで具体的に触れることはやめておきます。日本海岸にはたしかに、十三湊(とさみなと)や八郎潟(はちろうがた)から、新潟や能登・加賀を経て、若狭や出雲にいたるまで、大小の潟だらけで、潟の世界が連なっているのです。まさしく、日本海岸の風景は潟によって個性化されている、といえそうです。

その「潟に関する聯想」というエッセイできわだつのは、潟湖の周囲が水田によって占有されている、というくりかえされる指摘でしょうか。海岸の丘陵・樹林・民家などが錯綜しあいながら、しかも「湖水の縁を水田が浸蝕して居る模様は、天然と人間との交渉を研究するに於て非常に趣味がある」と、柳田は述べています。くりかえしますが、地図を仔細に眺めながらの推測でしょう。また、潟湖をめぐって、水田稲作・交通・漁業がせめぎ合いを演じている様子が指摘されている箇所もありました。いわば、弥生以降の二千数百年の潟や潟湖をめぐる歴史が、萌芽として語られていたのです。

さて、あらためて、このときの柳田の潟への関心からは、太平洋側の潟があらかじめ除外されていたことに注意を払う必要があります。どうも三陸のリアス式海岸のイメージが強いためか、東日本大震災のあとに、つかの間、潟の風景が出現したことに気づいた研究者はいましたが、その意味が深刻に問われることはなかったのです。わたしは泥の海を前にして、昔の潟に戻してやればいい、とあえてする問題提起をしたことがありました。ほんの少数派ではありますが、賛意を示す方がいたことが記憶に残っています。

小高の井田川浦など、原発から十数キロの距離で、警戒区域内に囲われていたために、潟の風景が長く残っていました。この浦も大正以降に、干拓され水田化されたのですが、水はけが悪くてうまい米が作れず、後継者もいないといった事情があり、莫大な予算を使って水田に戻す方針が、むしろ現実味に欠けると考える人がいたわけです。このかたわらの丘の中腹にある浦尻貝塚には、津波は届いていません。やはり縄文人も、時の試練に耐えてきた場所に暮らしていたことが想像されます。まったくかつての潟湖の輪郭のままに、泥の海に戻ってしまった井田川浦を見下ろしながら、不思議な感慨に包まれたことを、いまも忘れることはありません。

じつは、相馬地方では、明治のはじめころの地図を見ると、八沢浦や井田川浦だけではなく、潟が四つか五つほど点在していたのです。けれども、この百年の歴史のなかで、深さが十五メートルもあって埋め立てが不可能だった松川浦を除いて、ほかの潟はみな姿を消しました。泥の海の下には、深さが一〜二メートルの潟湖がひっそり沈んでいるのです。つまり、太平洋岸の、たとえば福島の相馬地方にも、潟のある風景は存在したのです。明治以降の歴史のなかで、それはミズアオイの群落と同じように、身を潜めるように姿を隠してきたのです。

この震災は、わたしたちになにを突きつけたのか。それはすくなくとも、この地域の百年の開発史というものをリセットして、かつての潟の風景を、たとえつかの間であれ、わたしたちの眼前にむきだしに顕わしました。そんなささやかな気づきを、ただ記憶に留めておきたいのです。

いつからか、わたしは潟化する世界という言葉を使うようになりました。その潟化する世界のほとりを巡礼のように歩きながら、この風景をもう一度潟に戻してやることによって、八千万人の日本列島の未来予想図を描きなおすことはできないか、と考えたのでした。ひとかけらの妄想か夢にすぎないことは、きちんと承知しています。

＊＊＊

潟化する世界のほとりを歩きました。大地と海とが溶けあうように、あらゆる境界が曖昧になっている情景は、とても懐かしく幻想に満ちていました。福島の新地町から宮城県の南部にかけては、駅舎が津波に押し流され、草叢(くさむら)のなかに線路や枕木が埋もれていました。やっとのことでその跡を見つけました。田んぼも、アスファルトの道も、川も、水田も、水路も、海も、なにもかもが輪郭を失って、渾然一体となっていました。うすい泥の海のなかに、電信柱が倒れながらずっと連なっていました。そこはかつての道路だったのです。その向こうには、壊れた家が傾いて、なかば水に浸かっていました。田んぼも、畑も、道路も、神社も、みんな泥水に浸かって、ただ転がっていたのです。海岸線とはなにか、という問いが生まれた瞬間でもありました。

わたしたちはどこかで、海岸線という可視的なラインが地面に刻まれていて、陸地と海を分割していると思っているのかもしれません。けれども、むしろ海岸線なんてものは存在しない、と思ったほうがいいのではないか。

唐突ですが、福島の原発の近くを通ったとき、薮のなかから、たぶん豚ではなくて、黒ずんだイノブタと思われる動物が飛びだしてきたことがありました。夕暮れでした。シャッターを押す暇もありませんでした。原発の周辺では、野に放たれた豚と野生のイノシシとが当たり前に交配して、イノブタが生まれていると聞いていました。ちなみに、このときは震災から二年足らず、仲間の所持していた線量計のリミットは三〇マイクロシーベルト／時でしたが、気がつくと、何度も振り切られていました。あきらかに、原発事故のあとの福島では、文化と野生とのあいだの境界が、大きな揺らぎを見せています。そういえば、遺伝子のレヴェルでは家畜の豚と野生のイノシシとは見分けがつかない、と聞いたことがありますす。わたしたちが自明に存在すると信じている境界は、思いがけず曖昧模糊としているのですね。

境界としての海岸線。それは、わたしたちにとっては渚や浜辺であり、消波ブロックの列として可視化されています。しかし、その実態となると、たえ間なく移ろい揺れている厚みのあるゾーンのようなものです。あるいは、記憶に刻まれたなにかの痕跡なのかもしれません。幾度、あそこは海だったのよ、という自己批評をかすかに含んだ声を聞いたことか。震災のときの海岸線に沿って、巨大な防潮堤を建てるプロジェクトそのものに、途方もない思考停止のニヒリズムを感じずにはいられませんでした。それは復興と称して進められてきたわけですが、強烈なアイロニーを漂わせています。

二〇一一年の海岸線など、日本列島の人口が一億二八〇〇万人のマックスに達したときの、ほんの仮設の境界でしかありません。河をはさんで巨大な防潮堤に架けられた、巨大な鋼鉄の橋を眺めながら、「あの立派な橋を渡って、どこに行くのかしら」と呟いた、おばあちゃんの声が耳に甦ってきます。なにしろ、その橋の向こうには、人が住むことを禁じられたノーマンズランドが、海と溶けあう渚までただ茫漠と広がっているのですから、ね。三途の川に渡された、たとえば冥土への橋かもしれません。

幻影の境界線がある。いや、境界など、残らずまぼろしなのだ。世界を二つに分ける、内と外、こちらとあちら、味方と敵……、こうした二元論に根ざした暴力に向けての懐疑と批判を深め、鍛えてゆくことが求められているのです。幻にすぎない海岸線を、海辺の砂地に固定しようとする。コンクリートで固める。防潮堤を造る。ゆらゆら揺れている、ほんの偶然の所産でしかない、そこに、そのとき、たまたま引かれてあっただけの境界線を、神々が棲まうウブスナの杜(もり)の山を切り崩して、防潮堤を造成する。そのマッチョな妄想というか、想像力の貧困というか、そろそろ訣別しなければいけないときだと思います。

人間という原存在への問い

海が近い荒れ野を歩いているとき、海辺の墓地をいくつも見かけました。津波に流された村や町の、だれが埋葬されている墓地なのかはわかりません。それでも、墓地は早い時期から再建が始まっていました。その、かつて墓地があったあたりに、押し流された首のないお地蔵さんやら、墓石やら、卒塔婆のようなものを一生懸命寄せ集めて、共同墓地が造られていたのです。そのなかに、幸運にも刻まれた名前が確認できた墓石があれば、それを元の墓の付近に集めて、だれそれの墓と表示しているものもありました。

　はじめて泥の海を見た小高は、作家の島尾敏雄さんの故郷です。震災の三年ほど前に、取材のために小高を訪ねました。海辺には、両墓制と呼ばれている墓がありました。ラブホテルの背後の浜辺にあったことを、妙な肌触りとともに覚えています。両墓制というのは、お墓を二つもつ変わった墓制なのです。死者を埋葬するお墓は捨て墓といい、埋葬したらそれきり放置されます。いまひとつ、お寺の近くに詣り墓があって、墓碑も刻んで、ここで先祖供養の行事をおこないます。小高には、そうした両墓制が残っていたのです。海辺の土饅頭の墓は捨て墓です。ときおり、大きな波に洗われて骨が海に運ばれてゆくのですが、それはいわば暗黙の前提のようなものでした。海のかなたに死者たちが還ってゆく他界がある、と信じられていたのでしょうか。小高の海辺の墓地は、津波で跡形もなく洗い流されました。

　この両墓制のムラとして知られる対馬の青海を、友人二人と訪ねたことがあります。すでに、三十年足らず昔のことになりました。そのムラの景観は、いまも眼にくっきり灼きついています。わたし自身の旅の記憶のなかでは、もっとも美しいムラのひとつなのです。

けれども、わたしが訪ねたときには、残念ながら、コンクリートの低い防潮堤が造られて、捨て墓はその内側にありました。もはや、捨て墓としての歴史を終えて、大きな墓石を積みあげた、新しい恒久的な墓地になっていました。両墓制のかたちは崩れていたのです。そこに立ってみるとわかるのですが、このコンクリートの壁がなければ、高潮とか、波がときどき渚を越えて、土饅頭のお墓を呑みこみ、そこに眠っていた死者たちの骨を運び去っていたことでしょう。海のかなたにある他界へと、死者たちの清められた魂は還っていったのです。

かたわらには、海のかなたから寄り来る神を迎える神社がありました。この寄神(よりがみ)の神社にお参りして、それから海岸に出て、遠回りしてムラに戻ろうとしたのですが、みなの足が止まりました。その海岸にはなぜか、小さな丸い石がたくさん転がっていたのです。友人たちが、そして、わたしもまた、物も言わずに、その丸い石を夢中で拾い集めていました。丸石をいくつか拾って帰りましたが、机の片隅に放っておくと、心なしか丸みが失せて平たくなっていました。友人が拾ったのは、小ぶりのまあるい石ばかりでした。そこでの寄せ波・引き波になにか特徴があって、そんな丸みを帯びた石になるのでしょうが、民俗的な想像力においては、丸石はかぎりなく神さびたものなのです。あの美しい青海というムラの風景は、ほんとうに忘れがたいものです。

あるいは、与論島に渡ったときに、島の研究者が案内してくれた海辺の墓地も記憶に鮮やかです。海に面した崖の中腹にえぐれたような窪みがあり、洞穴になっていて、そのなかに直径が一・五メートルぐらいのサークル状のお墓がありました。奄美・沖縄の島々には、死者たちを野ざらしにして、それが腐って骨になるのを待ってから、洗骨をして洗い清め、あらためてお墓に埋葬する葬法があります。再葬墓ともいいます。その洞窟墓では、洗骨を済ませた頭蓋骨や大腿骨など、人の骨を並べてサークル状にしていました。眼に灼きつけるだけで、写真も撮っていません。眼をつぶり、そっと手を合わせてから、離れました。

じつは、それと驚くほどに似たものと、わたしはのちに出会っています。福島県の新地町には、三貫地(さんがんじ)貝塚という有名な貝塚があるのですが、そこでは小さな環状のお墓が出土しています。わたしは数年前まで、福島県立博物館の館長をしていたのですが、その通常展示室のなかに、むろん復元レプリカですが展示されていました。直径が一メートルほどで、やはり頭蓋骨や大腿骨などが、サークル状に並べられています。地図で確認すると、この貝塚は三、四キロは内陸部に入っています。そのあたりが縄文時代の後期から晩期にかけての、つまり三、四千年前の海岸線であったことになります。

貝塚というのは、かつてはゴミ捨て場といわれていました。いまは、かなり違った意味合いで、アイヌの人たちの「送りの儀礼」と重ねて解釈されています。イヨマンテの熊から、この世で使ったさまざまな道具まで、感謝をこめてあの世に送り返してやる、そうした儀礼がアイヌの人たちにはありました。縄文人もこの送りの儀礼をやっていたのではないか、その舞台が貝塚であったのかもしれない、そう考えられているようです。たしかに、北海道の東釧路貝塚などでは、イルカの頭骨がサークル状に並べられたものが出土しています。三貫地貝塚でも、先ほどの環状の墓のかたわらに、犬が埋葬されていました。縄文の貝塚はきっと、生きとし生けるものすべての命のための送りと供養の場所だったのです。

海辺の墓地から、縄文の貝塚や南島の再葬墓へとたどりながら、波に洗われる渚に、潟湖の岸辺に、生と死とがからみあう風景が紡がれてきた、はるかな歴史に思いを馳せていました。泥の海の下には、潟があり、生きとし生けるものたちの喰らい喰われる、命の饗宴の記憶が、層をなして堆積しています。それがときおり姿を現わすのですね。

加藤真さんの『日本の渚』(岩波新書、一九九九)は、震災後に、わたしのたいせつな導きの書の一冊になりました。そこには、「江戸は江戸湾の豊饒さとともに栄え、東京は干潟環境の犠牲の上に近代化を遂げていった」という、印象深い言葉が見えています。江戸前寿司や、浅草海苔・佃煮など、豊かな東京湾の干潟環境がもたらした海の幸は、近世以来、疑いもなく江戸や東京に暮らす人々の食卓を彩ってきました。やがて、膨張しつづけるメガロポリス・東京が干潟を次々に埋め立て、海を汚し、東京湾の内湾漁業を追いつめていったことを、わたしたちは知っています。

そうした干潟や潟湖の運命には、まさに日本列島の近代が凝縮されたかたちで見いだされます。むろん、弥生の時代から、潟や潟湖は稲作と漁業、さらには水の交通がせめぎあう現場であり、柳田風にいってみれば、「天然と人間との交渉」の趣味多きステージでありました。海岸線には開発の縮図が数も知れず埋もれています。その忘却されてきた近代の開発史のひと齣を、東日本大震災はむきだしに顕わにして見せたのです。いつか東京を襲うにちがいない地震と津波は、思いがけぬかたちで、江戸という古層に沈められた都市の景観をむきだしにさらすことでしょう。

石牟礼道子さんの『苦海浄土』（講談社文庫、二〇〇四）という本は、むろん何度か読んできました。水俣病と福島の原発事故が、なんだか似ているなと感じたことがあり、それはいつしか確信に変わっていきました。渚や浜辺に仲立ちされながら、三・一一以後の東北が、福島が、遠い水俣に繋がれていったのです。

チッソの水俣工場も、東京電力福島第一原発も、ともに海辺に存在するのは、たんなる偶然でしょうか。なぜ、それは水辺なのか。チッソ水俣工場は河口近くに工場がありましたが、工場から有機水銀の排水を流すために、いや垂れ流すために、海のかたわらにあったのでしょうか。海は汚れを浄化してくれるのです。日本列島の原発は、すべて海のそばに立地しています。原子炉の火を制御するために海水が必要なのです。福島第一原発はしかも、その水を効率よく安価に供給するために、わざわざ二十メートルほど大地を削って原発の立地する地面を下げて、津波にやられました。水は火をコントロールする役割を託されているわけですが、爆発事故から十年が過ぎて、そのＡＬＰＳ処理水とか呼ばれる汚染水を海に垂れ流して、海に浄化してもらおうと画策しているようです。さらに、水俣が近くなりました。いずれであれ、海が有する、穢れを浄化し、火を制御する能力が臨海点を超えたときに、カタストロフィーは始まったのです。そのことを忘れるわけにはいきません。

チッソによる水俣病と、東京電力による原発事故。くりかえしますが、それがともに海辺の風景であったことは、偶然ではないのです。渚や浜辺には、近代への問いがあらわに転がっています。それはまた、「文明と、人間の原存在の意味への問い」(『苦海浄土』)としてこそ、変奏されねばならないはずです。

そういえば、震災の年の四月、わたしは思いがけず、政府の東日本大震災復興構想会議という議論の場に曳きだされました。どうやら東北学という、わたしが中心になって組織してきた、東北という地域に根ざした知の運動を知る人が、わたしを推薦したようです。幸いなことに、それがどなたであるかは知らずに済みました。

そこに、梅原猛さんが特別顧問として参加されていたのです。そのはじめての会議の席で、梅原さんは「文明災」という言葉を使われました。ある痛みとともに思いだしています。なぜなら、わたしは心のなかで、それを激しく拒絶していたからです。眼の前にある現実に、その重さに、呪縛されていました。「文明災」どころではない、と真っすぐに反発したのでした。むろん、そのように発言したわけではありません。いまにして、わたしは遅ればせに、東日本大震災を文明の問題として考えることを避けては通れない、と感じています。梅原さんへの、遅れてきた追悼の意味合いをこめて、書きつけておきます。

無主の海からみんなの海へ

たとえば、『古事記』の出雲神話のなかに、スクナビコナ（少名毘古那）と呼ばれる小さな神が登場します。対をなすオオクニヌシ（大国主）の神が、出雲の美保の岬にいるときに、流れ寄ってきた神なのです。この神はカガミ舟に乗っていました。カガミはガガイモという、山野に自生する植物で、葉のあいだに三、四寸のさやを結び、熟すと割れる。それが舟のかたちに似ており、カガミ舟と呼んだらしいのです。ヒムシの皮を丸剝ぎにした衣服を着ていましたが、ヒムシはガチョウの意であるとか。蛾の誤りともいい、そうであれば蚕（かいこ）ということになります。（西郷信綱『古事記注釈』第二巻、平凡社、一九六七）

この注釈書によれば、「空と海の接するあたりから、時あって神がこの世に寄り来るという信仰」があったのです。スクナビコナはオオクニヌシとともに国作りを終えると、常世の国に渡っていきますから、やはり常世の国から寄ってきた神なのでしょう。常世とは、海の彼方にあると信じられていた祖霊の国です。スクナビコナは海坂（うなさか）の果ての、「大地の底に棲む祖霊の一種」ではないか。そして、小人の神であり、「世界の小人たちの多くがそうであるように地下の住人」であって、「ユンク学説などによると、小人は意識の軌道の外側にある諸力、または無意識の守護者である」とも指摘されています。原典はあきらかではありませんが、西郷さんはユングにも関心があったのですね。

このスクナビコナ神話は、以前から気になってきたのですが、どうやら日本海を舞台にして生まれた神話のようです。スクナビコナが漂着したのは、出雲の小さな岬でした。岬というのは、まさに神々が寄り来るのにふさわしい場所ですね。こうした悪戯が大好きな小さ子の神々の系譜のなかには、チイサコベノスガルという、雷を捕まえて天皇に献上した神がいました。一寸法師、桃太郎、かぐや姫などはみな、小さな身体をもったトリックスター的な存在ですね。その小さな神の系譜のはじまりが、ほかならぬスクナビコナなのです。

ユングの名前が出てきたので、手元にあったユングの著作集を眺めてみました。気になるのは、海にかかわる記述です。たとえば、『心理学と錬金術』(人文書院、一九七六)には、睡眠薬による幻覚妄想のなかに、海はすべてのものを呑みこみながら、どっと陸に侵入する、とあって、津波のようなイメージだと感じました。そのあとに、海は光り輝く表面の下に、予想もできない深さを隠しているから、集合的無意識の象徴であるといった言葉がありました。ユングが、無意識を海に、意識を島にたとえたことは、どこか別のところで読んでいます。夢分析のなかで、ある海辺の夢について、「永遠の母、自然の子宮」といった表現もありました。

海が無意識の世界を、島が意識の世界を象徴しているとすれば、岬や渚・浜辺などは、無意識と意識とがあい交わる両義的な領域なのだろうと思います。そうした視座から、たとえば、集合的無意識の象徴としての海について考えたときに、なにが見えてくるのか。そんなことを考えています。

ひとつの手がかりは、寄物だと思います。海辺に漂着するものを、柳田は寄物と名づけていたのです。晩年のいっときなんですが、全国の民俗研究者たちに呼びかけて、寄物のフォークロアを集めようとしました。柳田はそのころ、『海上の道』という著作に繋がってゆく、日本列島への稲作の渡来ルートを探究することに精魂傾けていました。そのとき、日本人の他界や異界の観念が大切なテーマになっていましたから、海のかなたからの寄物に、そうした異界の消息を知るための手がかりを求めていたのでしょう。寄物というのは、海のかなたにある異界や異郷との交信のメディアだったのです。

ですから、柳田は、その寄物を手がかりとして、海のかなたの世界というものを浮かびあがらせようとしました。海から寄ってくる、たとえばクジラが狭い湾に紛れこむ。それは寄鯨（よりくじら）というのですが、湾の村々の漁師たちが総出で捕えて、その後、すべての村の人々によって平等に分配されるのです。

それはいわば、海のかなたの異界や異郷から、この湾の村々にもたらされた贈り物なのです。だから、だれかが独占することは許されない。みんなが平等に分け前をもらうことができるのです。あるいは、浜辺に流木や難破船の荷物などが流れ着いたときには、第一発見者がそれを自分のものにすることができました。つまり、海のかなたから渚や浜辺に漂着した寄物は、無主物なのです。無主物とは所有者が存在しないということです。だから、平等に分配するとか、最初に見つけた人が自分のものにしていいといった、寄物をめぐるフォークロアがあったのです。関心をそそられますね。

ところで、日本人にとっての海には、二つのあきらかな種別があったのかもしれません。柳田が潟の風景が、日本海側と太平洋側とで大きく異なっていたことを指摘していました。わたしたち日本人の前には、日本海と太平洋という二つの海があったのです。

たとえば、漂着する物によって、海のかなたにあるもうひとつの世界のイメージが作られます。日本海は内海です。これは、日本海のどこか島に渡って、その周囲を歩いてみればすぐにわかることです。海岸を埋めている漂着物のなかには、ハングル文字がたくさん見られます。ハングル文字が印刷されたペットボトルを見れば、この海の向こうには、自分たちとは違う民族の人たちが暮らす異国があるということを、リアルに想像することができます。

ところが、太平洋は外海なんですね。果てしもなく、ただ茫漠と広がっています。東日本大震災のときに、津波によって運び去られた物が何年もかけて、太平洋の向こう側のアメリカに漂着した例がありました。さらに、海流に乗って日本の海辺に、いわば里帰りした例もあるようです。とはいえ、それは少数例であり、寄物を手がかりに、太平洋に向かって、東方へと想像力を伸ばすことは不可能に近いのです。外洋を越えるための船や航海術がありませんでした。太平洋岸で遭遇する寄物は、ヤシの実のように南方にもっぱら繋がっているのです。若き日の柳田が、愛知県の伊良湖崎に滞在していたとき、浜辺に漂着したヤシの実の思い出を物語りして、それを聞いた島崎藤村が、「遠き島より流れ寄る椰子の実一つ」という詩を作ったことは、よく知られています。はるかな南の島からの寄物でした。

スクナビコナの神話は、出雲の岬から、日本海という内海の向こう側にある世界を、見えないけれども、リアルに思い描けるような距離感で感受していますね。あるいは、対島のあの青海というムラの寄神の神社などは、もっと異郷が近い印象があります。あの丸石もまた、異郷からの寄物であったかもしれません。こうした寄物のフォークロアが産み落とした神話や物語には、イマジネーションを掻き立ててやまない懐かしさがあります。

記紀や風土記がそれぞれに物語りする海は、瀬戸内海などいくつかを除けば、ほとんどが日本海だったかもしれません。網野善彦さんが、東アジア内海世界という言葉で浮かびあがらせたように、たしかに樺太から日本海を経て沖縄の海まで、まさに地中海のような内海世界が広がっています。もし、わたしたちが国境を越えた共同作業として、フェルナン・ブローデルの『地中海』に匹敵するような、『東アジア内海世界』といった書物を編むことができたら、などと妄想を膨らましています。

＊＊＊

やはり、東日本大震災のあとに、わたしは無主の海について考えるようになりました。三陸のある漁村を訪ねたとき、海産物の加工場を再開して間もない三十代の若者から、はじめて「みんなの海」という言葉を聞きました。眼下に広がる湾を舞台とした養殖漁業は、まさに壊滅状態になっていました。復興はどうすれば可能か、といった深刻な問いかけを柔らかくかわしながら、その若者はこんなことをおもむろに喋ったのです。この海を、われわれが「みんなの海」として受け入れることができたときに、復旧ではなく、復興に向けて動きだすことができると考えているんです、と。ロスジェネ世代の若者たちから、ときに感じることがある、独特のしなやかで、したたかでもある表情が、たしかにかれにも感じられました。わたしはそのとき、コモンズという言葉を思い浮かべていたのでした。

すでに触れてきましたが、小高の泥の海を前にして、潟に返してやればいい、と呟くように提案したことがありました。原発から十数キロしか離れていない地区なのです。そこを水田に戻すことにリアリティが感じられず、入会(いりあい)の海、それゆえコモンズとして再生することはできないか、という提案をしたのです。とはいえ、急ピッチで巨大な防潮堤が造られており、潟に戻すことは不可能な段階にありました。幻の略図のなかには、かつての潟の輪郭を残すためにお花畑を作ること、震災の記憶を伝えるための場とすること、その施設と縄文遺跡を繋ぐこと、再エネを導入すること、などのメモが書きこまれています。むろん、ささやかな挫折の忘れ形見のようなものです。

それでも、わたしは「みんなの海」をどんなかたちであれ再建するしかない、と考えています。それは古くから存在したはずの無主の海や、形骸化しながら漁業権に変容していった入会の海を、いかにしてデザインし直すか、という問いかけでもあるのです。一九九〇年代のなかばに、山形県をフィールドにして、山野河海の暮らしと生業をめぐる聞き書きを重ねました。庄内の海辺の村や飛島で、多くのことを学ばせてもらいました。それはいまでも、わたしのたいせつな知的財産となっています。そのなかに伏線らしきものがありました。そのときの聞き書きの記録である『山野河海まんだら』（筑摩書房、一九九九）という本を、しばらく振りに再読しています。

鶴岡市の加茂の湊での聞き書きでは、「天秤棒」と称される独特の浜の慣習があったことを知りました。漁を終えた船が港に帰ってくると、漁獲物は市場に運ばれますが、その途中で船乗りたちが漁獲物の一部を、天秤棒でかつぎだすのだというのです。それはあとで勝手に分配されるが、船主は見て見ぬ振りで容認していたらしい。盛んなころは、半分を背負っていったもんだ、という話に衝撃を受けました。市場に卸すまでは、とれた魚は網を引く船乗りたちのものだという意識が強かった、というのです。そうした浜の慣習が消えていったのは、高度経済成長期にさしかかる昭和三十年代のことだ、と聞きました。

ずっと気に懸かりながら、きちんと調べたことはなかったのです。最近になって、「みんなの海」についてぼんやり考えていたとき、『海村生活の研究』（柳田国男編、国書刊行会、一九七五）に「漁獲物の分配」（最上孝敬）と題された一節があるのに気づきました。そこでは、漁に参加した人々のあいだでの分配は平等を原則としたと、くりかえし指摘されていたのです。網や船の所有者が受け取る分け前は、網や船が小さな物であれば、一人前程度のものであったらしい。むろん、規模が大きくなれば、網元や船主の取り分はかなりの割合になったようです。

地曳き網をめぐる浜の慣習もまた、興味深いものでした。勝手に網曳きの手伝いをした者でも、すこしばかりの魚をもらえたのです。ときには、網を引かない女や子どもでさえ、小さな籠を提げてくると与えました。分配は浜に出ている老人や子どもにまで及んでいます。それは当然の権利と考えられていたのです。女や子どもが、こっそり獲物を掠めとることを、暗黙に認める風習があったともいわれます。

『分類漁村語彙』（柳田國男・倉田一郎著、国書刊行会、一九七五）からも、たくさんの類似の習俗を拾うことができました。具体的には触れませんが、どうやら海を舞台とした漁獲物の分配については、網元や船主／曳子（ひきこ）や船乗り／浜の女・子どもや老人のあいだで、たいへん複雑によじれた見えないせめぎ合いがあったようなのです。舟子や曳子らによる盗みや隠匿が、曖昧に黙認されていたことを知って、加茂の聞き書きが思いだされました。船乗りたちが天秤棒によって、漁獲物のなかばを掠め取るかたわらで、網から意図的に振り落とされた魚が、群がる女や子どもや年寄りに分け与えられる情景が浮かんできます。それはけっして、孤立した例外的な習俗ではなかったのです。

カンダラという、対馬の興味深い事例に触れてみます。北見俊夫さんが『日本海島文化の研究』（法政大学出版局、一九八九）のなかで報告しています。対馬では、旧暦の十月から三月にかけてイルカ捕りがおこなわれていました。このイルカ捕りには、儀礼的な習俗がともないます。平家伝説にからんで、イルカは平家の落人（おちうど）の後裔と信じられていました。湾内に追いこんだイルカは、かならず一匹だけは逃がしてやります。このイルカは仲間を連れて、命日には供養にやって来る、というのです。湾のもっとも奥まった浜に、イルカ供養のための塔婆が一本立てられていました。

イルカ捕りは、湾にのぞむ四カ浦の共同漁業としておこなわれました。厳密に漁の形態や作法が決まっていました。伝説にちなんで、一番銛（もり）は儀礼的に女がおこないました。イルカを銛で突く人々が乗るツキ舟のなかで、先頭の一艘だけが儀礼的な所作を演じます。この船に乗るのは、二十五歳以下の妊娠していない女である、といわれます。このイルカ捕りには、カンダラという習俗が見られました。陸へ揚げられたイルカに、女たちが赤いユモジ（腰巻）をかけると、イルカは公然と、女たち全体の公有物となり、彼女らで分配したらしいのです。これがカンダラであり、対馬ではイルカと鯨にかぎるということでした。

こうしたイルカ捕りの習俗は、どこかアイヌのイヨマンテを思わせるところがあります。そして、寄物としてのイルカや鯨にかぎって、女たちのカンダラがおこなわれてきたのは、偶然ではなさそうです。若い女が一番銛を突く、イルカに赤い腰巻をかけて占有の標示とする、すべてのイルカが女性たちの公有物となり、女性たちによって分配される、といった一連の儀礼的な作法が、いかなる意味を秘めているのか。いま、それをあきらかにすることは困難ですが、古風な色合いは否定できないでしょう。

柳田国男の『都市と農村』（岩波文庫、二〇一七）には、結（ユイ）と呼ばれた協同労働に触れた一節があります。

> 最も完形に近く保存せられているのは網曳（あみひき）であって、この漁獲物は浜で分配の終了するまでは、まだ何人（なんぴと）の私有とも認められなかった。現在ユイという語を使っている例は知らぬが、由比（ゆい）または手結（たゆい）という地名は、全国にわたって多く遺っていて、こと

ごとくこの種の協同作業を行うに適した広い浦辺である。海草その他の漂着物の集拾なども、これを個人の取勝ちに任せることは何でもなかったにかかわらず、今なお同じ約束の下に、後で分配をしている実例は少なくない。

ここには、無主の海をめぐっての共有と私有のせめぎ合い、協同労働と分配のあり方といったテーマについての、大事な指摘が見いだされます。おそらく、海の無主性とユイのような協同労働には、古くからの親和性があったのです。みんなで引く、つまり協働でおこなう網曳きによって獲得された海の幸は、あくまで海（または、海の神様）から贈与されたいただき物なのです。だから、浜でその無主性を切断されたうえで分配されるまでは、船主や網元の私有とは認められなかったのではないか。そこに、近代の私有制にはそぐわない、さまざまな分配の作法や形式が見いだされたのは、それが古風な習俗の残存であるからでしょう。盗みと変わらぬものに見えるのに黙認されるのは、それが伝統的に認められてきた権利と見なされていたからでしょう。そこに、無主の海をめぐるアルカイックな記憶が、影を落としていたのかもしれません。

無主の海から、入会の海へ、そして私有の海へ。いま、「みんなの海」を回復するためには、あらたなシナリオ作りが必要です。それが、震災後に日撃した泥の海を起点にして、わたしがひそかに紡いできた夢想のかけらであることを、隠すつもりはありません。さて、無主の海への道行きを、いかにして逆向きにたどることができるのか、思考実験をさらに重ねてゆくつもりです。

海のかなたから訪れしもの

ふと考えたのです。日本人のなかに、海のかなたに死者たちの棲まう他界があるという観念が、強いリアリティをもって共有されるようになったのは、太平洋戦争の敗戦のあとではなかったか、と。すくなくとも、それは南洋が日本の植民地となって以降の近代ではなかったか。わたしたちはすでに都合よく忘却しましたが、戦前には、南洋は日本の植民地とされ、「楽園」という幻想的なイメージを負わされていたのです。アメリカとの戦争になり、数も知れぬ兵士が飢えと人喰いのなかで死んでいき、日本国は敗れて、その楽園幻想はまったく瓦解しました。敗戦とともに、楽園としての南洋は、死者たちが行き場もなく漂う他界と化したのです。

敗戦はたしかに、南洋への眼差しを劇的に変えました。それこそが、ここで起点に置かれるべき道標（みちしるべ）のようなものです。

たとえば、柳田国男の南洋への眼差しは、あまり論じられることもありませんが、大正時代のある時期、欧米の植民地主義に対する抵抗の意志を秘めながら、どこか牧歌的に、日本を導者とするユートピアへの転換の可能性を問いかけたものでした。敗戦後に書かれた柳田の『先祖の話』は、戦争に向けての鎮魂の書でありましたが、南洋の死者は遠景に隠されています。

それと比べれば、折口信夫の「民族史観における他界観念」（一九五二）という論考などは、慟哭（どうこく）の思いに満ちていますね。太平洋戦争において、南洋で無惨にも大義なき死を死んでいった若き兵士たちへの鎮魂を、いかになしうるか。それが生々しいテーマでありました。なにしろ、愛する藤井春洋（はるみ）がその死せる兵士の一人だったのですから。他界観や霊魂観といったテーマが、深刻なかたちで問われねばならぬ避けがたさが、折口にはあったのです。

それにしても、いくらか唐突ですが、敗戦から九年を経て誕生した、一九五四年の『ゴジラ』という映画をめぐる精神史には、そそられるものがあります。南太平洋を起点にして、外海に浮かぶ島から東京湾へと、ゴジラという異形の来訪神の足跡が刻まれています。この年の三月に、南太平洋のビキニ環礁で、アメリカが広島型原爆千個分の威力がある水爆の爆発実験をおこない、日本のマグロ漁船・第五福竜丸など、太平洋上の千隻を超える漁船が被爆しています。その半年前に亡くなった折口は、したがって、ビキニの水爆実験も映画『ゴジラ』も知らなかったことになります。

その折口信夫の最晩年の論考、「民族史観における他界観念」のなかには、「海彼の猛獣」と題された一節があります。

海の彼岸から来るものは、病ひと謂へども、――病気として偉力あるだけに――一往は讃め迎へ、快く送り出す習しになつてゐたのである。流行病の神も亦、常に他界から来るものと思うてゐる為にする作法であり、神を褒めると共に、災浅く退散してくれることを祈るのである。此は心理が二様に働いてゐる様だが、古代日本以来、他界の訪客に対す態度は、いつもかうした重複した心理に基いてゐた。〈略〉だから美(チュ)ら瘡(カサ)の名は、単なる反語でなく、讃美の意のある所が訣る。海の彼岸より遠来するものは、必善美なるものとして受け容れるのが、大なり小なり、我々に持ち伝へた信じ方であつた。

沖縄では、天然痘をチュラカサ（美ら瘡）の名で呼んでいます。つまり、美しい瘡（はれもの・できもの）と尊称で迎えているのです。これについて、折口はこんな風に語っていました。つまり、ときに海のかなたの他界より訪れるモノには、抗っても抗いきれない、神秘な力が宿っていると信じられていました。だから、それが尊い神であれ、猛き獣であれ、とりあえずは敬い称えて迎えるとともに、ていねいに饗応し、すこしでも災いをやわらげ、こころよく他界へと還っていただくことを選んでいたのです。疱瘡の神をチュラカサと呼んでほめたのはむろん、そうしたひき裂かれた心理のメカニズムに拠っています。しかも、これらの他界から来訪するモノたちには、共同体に堆積するケガレ＝穢れを外部へと祓い棄てる役割が、ひそかに託されていたのでした。

折口はそこに、「海を越えて来た動物の中に、一往善意と神秘力の存在を信じてゐた」とも書いています。わたしは折口が思い描いていた「海彼の猛獣」として、ゴジラがあらかじめ、それと知らずに名指しされていたのではなかったか、と思うのです。海のかなたから訪れる異形の神にして、海の怪獣でもあったゴジラ。映画『ゴジラ』が封切りになる一年前に亡くなった折口は、それゆえ、ゴジラという名の「海彼の猛獣」との邂逅を果たすことはなかったわけです。それにもかかわらず、折口にはほかのだれよりも、『ゴジラ』について真っすぐに語る資格があった、と思うのです。

ゴジラこそが、真正のマレビトではなかったか。折口がまさしく、その最晩年に心血を注いだ論考が「民族史観における他界観念」であってみれば、それもたんなる妄想ではないでしょう。『ゴジラ』という映画には、折口が語った他界観念のみならず、訪れる神々やモノたちへの両義的な心情、災厄や犠牲にまつわるフォークロアといったものが、凝縮して見いだされるのです。すでに三十年ほど昔になりますが、『ゴジラ』については論じたことがあるのです。「ゴジラは、なぜ皇居を踏めないか」(『ゴジラとナウシカ』、イースト・プレス、二〇一四)というエッセイです。

わたしはそこで、『ゴジラ』という映画と三島由紀夫の小説『英霊の聲(こえ)』とを重ねあわせにして、『ゴジラ』の深層に沈められている、ひとつの忘れられた集合的な記憶を浮き彫りにしようと試みたのです。南の海に散っていった若き兵士たちのさすらう魂の群れと、ただの人間に戻った天皇とが、遠く対峙しあう光景を見いだしたのでした。多くの人からは、綺想の類として退けられましたが、わたしのなかでは揺るがぬ確信めいた妄想であり続けています。

この映画の出自には、その半年前に起こった、ビキニ環礁でのアメリカの水爆実験と、第五福竜丸の被爆と乗組員の死というできごとがからんでいます。昭和二十（一九四五）年夏の、広島と長崎への原爆投下から、わずか九年後の深刻な事件でした。海底深くに身を潜めていたゴジラは、水爆実験によって太古からの眠りを破られ、甦ったのです。それは映画のなかでは二百万年前とされるジュラ紀の恐竜の生き残りではなく、あらゆる物を灼き尽くす放射能の火を吐く、まさに近代の怪獣でした。

この核の火が数年も経たずに、「原子力の平和利用」の名のもとに、みずからを「神の火」に偽装して日本列島に上陸したことを、むろん、わたしたちは知っています。その「原子力の平和利用」の悲劇的な結末もまた、東京電力福島第一原発の爆発事故として目撃しています。その原発を、それでも手放すことができず、いまだ多くの人々が、撒き散らされた放射性物質との奇怪な共存を強いられているのが、わたしたちの抱きしめるべきたったひとつの現実でしょうか。

はじめにゴジラが来襲したのは、大戸島という絶海の孤島でした。島の神社では、夜を徹して厄払いの神楽が催されていました。語り部の老人が、こんなことを語って聞かせます。海には呉爾羅（ごじら）という恐ろしい怪物がいて、海のものを喰らい尽くすと、陸に上がって、ときには人間まで喰らう。昔は、長く時化（しけ）が続くと、若い娘を生け贄（いにえ）にして遠い沖へ流したものだ。その由来譚にもとづく神楽が、いまは厄払いの神事としておこなわれている、と。呉爾羅といぅ名のフォークロアの海神にまつわる、かすかな記憶が語られていたのです。善悪には分かれていない、祀れば鎮まり／祀らねば祟る、どこかプリミティヴな神の面影が射しています。海そのものが、幸い／災いをともにもたらす両義的な荒ぶる力を抱いています。それが、呉爾羅という民俗神に託され、形象化されていたといえるでしょうか。

折口が「海彼の猛獣」と呼んだものは、いま、思いも寄らぬ変容（メタモルフォーゼ）を遂げることになりました。南太平洋の海と島々が、酸鼻な戦場となって、若き兵士たちがいたずらに死んでいきました。そこは若き霊魂の群れが行き場もなくさまよう、あの世へと姿を変えたのです。やがて、アメリカによる水爆実験の現場となりました。死と破壊が錯綜します。この海上はるかな他界では、呉爾羅と死せる日本兵たちがひとつになり、したたかに放射能を浴びて、グロテスクな怪獣ゴジラへとメタモルフォーゼを遂げるのです。すでに早く、川本三郎さんが「ゴジラはなぜ『暗い』のか」というエッセイのなかで、『ゴジラ』について、「第二次大戦で海に死んでいった死者、とりわけ兵士たちへの「鎮魂歌」ではないのか」

と語っていたことを思いだしています。

この日本をめぐる海には、なお血が経めぐっている。かつて無数の若者の流した血が海の潮の核心をなしている。それを見たことがあるか。月夜の海上に、われらはありありと見る。徒に流された血がそのとき黒潮を血の色に変え、赤い潮は唸り、喚び、猛き獣のごとくこの小さい島国のまわりを彷徨し、悲しげに吼える姿を。

この、三島由紀夫さんの『英霊の聲』(河出文庫、二〇〇五)の一節には、心惹かれてきました。三島さんは『ゴジラ』に関心を寄せていたらしい、と聞いたことがあります。それを思えば、ここで、ゴジラと死せる兵士たちが邂逅を果たしたのではないか、と想像することは、あながち妄想ではないのかもしれません。ゴジラは南の海の果てより訪れ来たり、いま、「猛き獣のごとく」小さな島国のまわりを彷徨し、悲しげに吼えているのです。折口の「海彼の猛獣」までが招喚されている、そんな気配すら感じてきました。

かくして、「猛き獣」としてのゴジラは、大戸島を踏み荒らしてから、ついに東京湾へと姿を現わしました。それから、ゴジラは皇居のまわりを恨めしげに迂回しつつ、唸り喚び吼えながら、ようやく戦災から復興しつつあった東京の街を破壊し尽くすでしょう。そして、ふたたび東京湾から太平洋へと還ってゆくのです。

人々はそれを、どこか暴風雨か大地震のような、いわば災害としてやり過ごしているように見えます。ゴジラの来襲はたしかに、避けがたい巨大な災厄だったのです。ゴジラは海という自然の荒ぶる力の結晶であり、大津波の具象化でもあったかもしれません。それはどこか、今村昌平監督の『黒い雨』のなかで、人々が原爆というおぞましい現実を、ほとんど自然災害かなにかのように黙々と受容している姿を、想い起こさせます。

ここで、『モスラ対ゴジラ』という映画に触れてみます。大型の台風によって、浜辺に漂着した卵のオバケが登場します。むろん、モスラの卵なのです。そこに、こんな漁民の言葉が挿入されています。「浜で捕れるものは俺たちのものだ」と。海辺に漂着した寄物のフォークロアでは、たしかに海の幸は本来は無主物であり、「俺たちのもの」とする慣習があったことを、すでに確認してきました。しかし、やがてモスラの卵は、それを見世物にして金儲けをしようとたくらむ興行主に売られ、近代の所有関係のなかに取りこまれてゆきます。

映画のはじまりのシーンには、「祝倉田浜干拓地完成」の垂れ幕が掲げられていたことに、わたしは眼を留めていました。この、あらたに開発された干拓地は、新産業計画の舞台となるのです。そこに、原子怪獣ゴジラが出現するのは、果たして偶然の設定でしょうか。ともあれ、このゴジラは、黒煙を吐き散らす石油コンビナートを破壊して、さらに卵のある浜へ向かったのです。

まさに『モスラ対ゴジラ』の舞台は、近代の海辺でした。その海辺は、いま埋め立てと開発の現場です。海岸線をコンクリートで固めながら繰り広げられてゆく、近代化の風景が、そのままに描かれています。海や浜で獲れるものは無主物であり、それゆえに、俺たちみんなのものだ、と考える伝統的な漁村がありました。干潟や潟を埋め立てて、水田や塩田がおこなわれていた干拓地があり、そこをさらに開発して、新しい産業プロジェクトが起こされようとしています。すでに、石油コンビナートが立ち並ぶ工業地帯になっている、コンクリートで固めた浜辺もありました。海辺の近代がみごとに描き分けられています。怪獣映画はとても鋭敏に、時代のやわらかい先端部分に繋がっているのです。

それはほとんど、福島の沿岸地域に見いだされる近代の縮図です。その帰結がほかならぬ、十基の原発であり、東京電力福島第一原発の爆発事故でありました。日本列島の原発はみな、海辺に建っています。福島第一原発などは、四十メートルを超える断崖をわざわざ十五メートルほどにまで掘り窪めて、原発を建設しました。そうして地震と津波に直撃されたわけです。驕(おご)れる近代が、自然に対する畏敬を失っていたことだけは、否定しようがありません。

東日本大震災の被災地を歩きながら、いつしか海岸線に眼を凝らすようになりました。しばしば、津波が届いた浸水ラインのすぐうえに、古い由緒のある神社が生き残っていました。中世の館跡や、縄文時代の貝塚は例外なしに、津波の難を逃れていました。昔の人たちは、それを知っていたのですね。時の試練に耐えられる場所に、暮らしたのです。いま問われているのが、まさに近代そのものであったことを、銘記しなければいけないと思うのです。

いつであったか、家々が津波に流された渚で、海に向かって、死者供養の神楽の奉納をする黒森神楽の映像を見ました。『ゴジラ』の冒頭の、大戸島の神楽の情景に思いを揺らしました。いまでは、そんな生け贄の伝説など、だれも信じちゃいないけどな、そんな島人の声が聴こえます。自然は、人が祀れば穏やかに鎮まり、祀ることを忘れれば災いをもたらすのです。ゴジラが渚に漂着したマレビトであり、寄物であったことを記憶に留めておくことにします。

第四夜

民話という、語りと想像力のために

民話について語ることには、深い逡巡があるのです。

思えば、『遠野物語』や昔話については、それなりに研究テーマとしてきましたけれども、民話については疎いのです。

ほんとうは、民話は手ごわい、繊細に扱わねば火傷をします。

『遠野物語』から昔話へ、さらに民話へ。

この時代の片隅で、あくまで時代錯誤に民話について考えることは、語りの文化の再発見に繋がってゆくのかもしれないと感じています。

『老媼茶話』から『遠野物語』へ、さらに『会津物語』へ。

この階梯をたどることにも、なにか不穏な気配が漂うのです。

『会津物語』という試行錯誤が、原発の爆発する映像を目撃した者には、どうしても必要だったのだ、と言い捨てにしておきます。

民話的な想像力はいかにして可能か、問いかけることにします。

おれは河童を見たことがある

はじめに、震災から四年ほど経ったころに、会津学研究会の女性たちと一緒に作った『会津物語』（朝日新聞出版、二〇一五）という本について触れておきます。あらかじめ申し上げておきますが、わたしは民話の採集者でも研究者でもありません。ただ、『遠野物語』に関しては、持続的に研究らしきことをやって来ました。震災の年のはじめに東北を離れ、東京の大学で日本文学に近い授業を担当するようになりました。数年目からは、「昔話を読む」というテーマで演習の授業を組み立てています。『遠野物語』から、その語り部であった佐々木喜善の『聴耳草紙（ききみみぞうし）』へ、さらに昔話へと関心がいつしか移ってきたようです。

昔話のおもしろさ、豊かさにはじめて気づかされて、呆然としていた時期がありました。そして、認識を改めざるをえなかった。柳田国男が作者とされる『遠野物語』というテクストが、どれほど特殊なものであるか。それが民衆の語りの世界だと思いこんでいた自分が、どれほど偏っていたか。いずれであれ、昔話や民話をもっと広やかな視野から読みなおす必要があることだけは、痛いほどに思い知らされたのでした。

いつものように、起承転結のない、取りとめのない思いつきを連ねてゆくことになります。
わたしがまだ若かった、三十代になって数年が過ぎたころのことです。『異人論序説』という、はじめての本を砂子屋書房から刊行して間もなくでした。むろん、まだ東北には足を踏み入れていません。民俗学者になるなど、夢にも思わなかったころのことです。そういえば、「どこの馬の骨とも知れぬやつが、なにを言うか」と、面と向かって罵られたのは、それから十年ほど経ってからでしたか。わたしはつねに、帰属先が不明のアウトサイダーと見なされてきましたが、反論の余地はありません。三十代のわたしはなおのこと、何者でもありえず、民俗学からも遠い存在だったのです。

山形県の大蔵村というところに住んでいる、一人の見知らぬ男から、まるで宮沢賢治の「どんぐりと山猫」のような手紙をもらいました。なにが書いてあるのかよくわからないのですが、どうやら招待状のようでした。おれの村に講演に来てくれ、と書いてあるようでした。しかし、わたしは講演なんて一度だってしたことがなかったのです。まだ本を一冊出したばかりで、そもそも人前で話をするなんて大嫌いでした。二十代のわたしはまさしく、場面緘黙症（かんもくしょう）というほかない、見知らぬ人と話すことがとても苦手な若者でした。ところが、そんなわたしが、なぜかその手紙に乗せられてしまって、大蔵村に行くことになったのです。

二月の雪のとても深い季節でした。三、四メートルの分厚い雪によって、世界が覆い尽くされているのです。雪の壁はバスの屋根よりも高い。迎えてくれたのは、森繁哉（もりしげや）という男でした。のちに同志のような関係になるのですが、そのときはかれが土方巽（ひじかたたつみ）の弟子にあたる舞踏家であることすら知りませんでした。凄い吹雪のなか、車で村のあちこち案内してもらいましたが、どこもかしこも雪ばかりで、ひたすら圧倒されました。なにしろ、そこに集落が点在し、数千人の人たちが暮らしているのです。夕方近くになって、講演会場だという、小さな集落の雪に埋もれた家に連れていかれました。

わたしは生まれ育った東京の郊外しか知らず、独学で本を読んで、評論のような仕事を始めたばかりだったのです。それで、講演といわれても「できません」と断わったのですが、「何でもいいですよ」といわれて、「それでは『遠野物語』の話をします」と、決まっていたのはそれだけでした。そのころ、『遠野物語』を読んでいて、そこに収められた姥棄（うばす）て譚に関心があったのです。とりあえず、文庫本をかかえて訪ねた、はじめての東北の村ということになります。講演の意味を知らず、なにを話すかも決めていなかったのです。度胸がいいのではなく、ただなにも知らなかったのです。

森繁哉さんのあとから、雪囲いの戸を開けてなかを覗きました。薪ストーブのまわりに、おばあちゃんが十人くらい座っていました。いくつかの顔がわたしに気づきました。その瞬間、始まる前に終わりましたね。そもそも人前で話したことすらないのです。ただ、ぼんやりと姥棄ての話をしようと考えていただけです。六十歳になった老人を山に棄てる話です。当然のように、おばあちゃんたちはわたしを遠慮なしに見つめてきました。わたしにとっては、それがフィールドというか、村に入ったはじめての体験だったわけです。

むろん、姥棄ての話などできるはずもなく、仕方なく河童やら山人やらの話をもぞもぞとしました。『遠野物語』にあるから、きっとこの村にもあるはずだ、と信じこんでいたのです。さっぱり反応はありません。わたしは困って、きっと顔を引きつらせていたと思います。それで、見かねた森さんが「講演がむずかしいようだから、ばあちゃんたちに話を聞いてくれませんか」と救いの手をさし伸べてくれたわけです。わたしはそこで、「この村には、山男にさらわれた里の女の話がありますか」とか、「河童を見たことがありますか」とか、まったく間の抜けた問いかけを重ねていったのです。もちろん、だれからも応答はありません。当たり前ですね。みなさん、わたしを憐れむように眺めていました。

話をするよりも、話を聞くほうがはるかにむずかしい仕事であることに気づいたのは、ずっとあとのことです。とにかく、わたしはなす術もなく茫然とするしかありませんでした。ところが、「それでは、このへんでお開きにしますか」と森さんが言ったときに、風景が一変したのです。

突然、ひとりのおばあちゃんが話しはじめたのでした。「おれは河童を見たことがある」とおばあちゃんがいうのです。みなさん、ぎょっとしたように顔を見合わせていました。ほんとうに短い話です。「昔、まだ若かったころのことだ。夕暮れ時に、裏の畑に出てみたら、河童が立っていたんだ。河童はパンツ一丁で、キュウリをくわえて立っていたよ」。それから、ほんの一瞬だけ間を置いて、おばあちゃんは「あれはとなりのアンちゃだった」といったのです。

あるとき、民話の会でこの話をしました。みなさん、爆笑されましたね。民話の採集をなさっているから、合いの手が上手というか。いや、きっとこういう、まさしく民話の聞き取りの現場をご存知だから、なにかを感じられているんでしょうね。それにしても、ここで、笑うかどうかは、なかなか深刻な分かれめですね。若い学生たちは、この話を授業のなかでしても、まず笑うことはありません。困ったように、キョトンとして顔を見合わせています。なにか、途方もない妖しさ、いかがわしさに圧倒されて、言葉どころか、ふさわしい情緒が見つからずに、固まっているのかもしれません。

とにかく、たったそれだけの話でした。しかし、わたしにとっては、やがて東北をフィールドに選ぶことになる、その導きとなったとんでもない事件でした。わたしはそれから六、七年を経て東北に向かったのですから。ただ、あらためて触れようと思いますが、わたしはついに、そのおばあちゃんを二度と訪ねることがなかったのです。なぜ訪ねなかったのか、いまもわかりません。とにかく、訪ねることができなかったのです。

そのおばあちゃんはきっと、困りはてているわたしを見かねて、最大限のサービスをしてくれたんだと思います。いや、贈り物というべきかもしれませんね。だれにも話したことがなかった若き日の、そのできごとを、思いがけず口にしてしまったのです。ほかのおばあちゃんたちは、そして、森さんもわたしも、ただただ言葉を失っていました。でも、なにか途方もないことが起こったのです。そう、よそ者にはけっして洩らしてはいけない、たとえば村の秘密がむき出しにされてしまったかのような、そんな奇妙な緊張に場が包まれていたことだけは、鮮やかに覚えています。

あれはやはり、つかの間の事件だったのだと、いまも思います。すくなくとも、わたしにとってはまさしく大事件でした。それから、わたしは縁があって東北にフィールドを求め、二十年間あちこち聞き書きのために歩くことになりました。しかし、あれ以上の凄い語りに出会ったことはありません。生活とか生業の聞き書きのほうにいってしまったので、そうした話に対して耳を寄せることがなかったということも、関係があるかもしれません。

大きな真っ白い鳥が飛んだ

はじめに、といいながら、『会津物語』は二つ目の話題になりました。

震災の前から、会津学研究会という学びの場が生まれて、『会津学』という地域誌の刊行を続けていました。僕自身はオブザーバーのような立場での関わりですが、そこでは聞き書きという方法を基本にして、さまざまなテーマに取り組んできました。その『会津学』のなかに、狐に化かされた話がいくつか掲載されていました。こういう話、面白いね、会津にはたくさんあるのかな、みんなで集めてみようか。そんな話をなんとなくしている内に、いつの間にかみんなでやってみようということになり、すこしずつ取材にとりかかっていました。『朝日新聞』の福島版に、小さな連載の場をいただけることになりました。そうして会津学研究会のメンバーが、それぞれに本格的な聞き書きを始めて間もなく、東日本大震災に遭遇したのでした。

合い言葉は呆れられそうですが、ただ「不思議な話を集めてみよう」ということでした。震災が起こって吹っ飛んでしまいましたね。あの混乱の極みのような状況のなかで、狐に化かされた話を集めて、新聞に連載するなんてありえない。だれもがそう感じて、一度は断念したのです。けれども、夏前になって、こういう状況だからこそやるべきじゃないか、という声がだれからともなく上がりました。そして、八月以降、すこしずつ集めていた原稿を整理しながら、新聞に連載を始めたのです。

どんな話を集めたのかというのは、読んでいただくしかありません。集まってきた話は、まさしく「不思議な話」ばかりでした。半分くらいは、狐や蛇などの動物にからんだものでした。この本のなかで、わたし自身がもっとも好きなお話を紹介させていただきます。第八十話の「大きな白い鳥」というお話です。話者は五十嵐七重さん（昭和二十一年生まれ、三島町西方）、採録者は遠藤由美子さんです。

父と五人の姉たちが遭遇した不思議な出来事のことを、オレがはじめて聞いたのは、十歳の頃のことだった。オレは七人姉妹の末っ子で、まだ一歳に満たないときのことだという。

何か耐えがたいことがあったのだろう。母のセツはオレを背負って、金山の家を出ていた。一番上の姉を除いた、姉たち五人と父が囲炉裏を囲んでいたときのことだ。いきなり大きな真っ白い鳥が飛び込んできて、囲炉裏のカギの鼻のまわりをぐるりと回って、そのまま出て行った。一瞬のことであった。姉たちは驚いて右往左往していたが、呆然とした面持ちの父が、ポツリと「セツは、死んだわ」と呟くように言った。悲痛な父の言葉は、姉たちみんなが聞いたという。母が出て行った事情も、死を覚悟していただろうことも、父はわかっていたのだ。

一方、乳飲み子のオレを背負った母は、発電所ができたばかりの高清水の高い土手から、すぐ下を流れる只見川にいましも飛び込もうとしていた。白い鳥が現われた頃と、ちょうど時間が重なるらしかった。しかし、飛び込もうとしたその刹那、当時はまだ珍しい大型のトラックがかたわらに停まって、「セツでねぇか？」と声をかけてくれたのだ。同郷のその人は何も聞かず、母とオレを乗せて、実家に連れて行ってくれたのだという。二、三日ほど実家で暮らして、母とオレはまた、家に戻った。

母は亡くなる前に、「あんとき、おめぇが見ててくれたなぁ。いまもこうして最後まで看てくれるんだなぁ」と、ねぎらうようにオレの手をさすってくれた。
オレも辛いときには、何度もその場所に行った。その水面が、なぜか吸い込まれるように懐かしかった。とてもいとしくて恋しい場所だった。このまま飛び込みたいと何度も思ったことがあったが、母が堪えたのだと思うと、できなかった。いまも、いとしい場所だ。

これが民話に分類されるのかどうか、わかりませんが、何度読んでも心を揺さぶられますね。

もう五、六年ほど前になりますが、わたしが勤める大学の日本文学科の新入生の前で、たまたま学科主任をやっていて、歓迎のスピーチをしたことがありました。そのときに、この「大きな白い鳥」というお話を朗読したのです。多くは都会育ちの若い人たちが、この話をどのように受けとめたのか、反応を確かめることはできません。ところが、二週間ほどして、新入生と教員との懇親会がありました。そのとき、二人の学生が別々にですが、わたしのところにやって来て、「あの日、先生が読んでくれた話を聞いて、泣いてしまいました」と、わざわざ伝えてくれたのです。男の子と女の子でした。ああ、伝わるんだ、という思いがけない歓びがありましたね。

わたしは歓迎スピーチのなかでは、こんなことを語りかけました。わたしたちが生きているこの時代というのは、どうも言葉を大事にしない風潮があって、言葉が足蹴(あしげ)にされているというか、軽んじられています。だから、日本文学科に入ってきた君たちには、四年間、言葉を、とりわけ日本語をたいせつにすることを学んでほしいのです。そんなことを語ってから、なんの説明もせずに、この話を朗読したのです。おそらく、なにかが伝わったのだと思います。わたしのところに来て感想を伝えてくれたのは、二人でしたが、そんなことは滅多にありませんからね。きっと、たくさんの若い人たちに、語り部の五十嵐七重さんの思いは伝わったのです。わたし自身が、言葉の力というものを信じてもいいのかもしれない、と感じさせられた体験でした。

それにしても、このお話のなかに登場する「大きな真っ白い鳥」とは、なにか。白い鳥というのは、たとえば古代には「常世(とこよ)の鳥」とされて、「霊を持ち搬び、時としては、人間身をも表す事の出来るもの」(折口信夫「国文学の発生(第三稿)」)と信じられていました。魂を運んだり、大事なメッセージを伝える、といった役割を託された生き物だったのです。おそらく、この話を語り継いでいた家族のみなさんは、そんなことはご存知ないと思います。ところが、白い鳥が飛びこんできたときに、お父さんは妻の死を予感しているんですね。「大きな真っ白い鳥」が不意に出現したことは、妻の死にかかわるメッセージとして受け取られているわけです。

ここに描かれている人間関係というのは、古風かもしれませんね。脇役がとてもいい。その同郷の男はきっと、娘のころから母親のセツさんを知っていたのです。なにかを感じて、トラックを停めて、なにも聞かずに、トラックに乗るように声をかけるのです。そして、実家の前に母と子を降ろして、去ってゆくわけです。絶妙な役者ぶりです。昔の男ですね。

奇譚が遠野と会津を結びなおす

不思議な話を集めよう、ただそれだけを合い言葉に始めました。とはいえ、たったひとつ条件がありました。固有名詞がだれだれとはっきりわかっている人が、いつの時代に、どんな状況のもとで、その体験をしたかということを確認できる事実譚、つまり事実に根差した物語であること、それを原則的な条件にしていたのです。

だから、逆に制約もありました。載せたかったお話のなかで、たとえば差別や性にかかわるものは固有名詞がからんできて、掲載がむずかしかったのです。没落した旧家なんて書いたら抗議が来ます。実際、来たことがありました。村から村へとさすらうホイド(乞食)を主人公にした話もいくつか集まりましたが、みなで議論して、掲載を見合わせました。固有名詞と具体的な場所と年代をはっきりさせた語りというのは、いまは公表するのがとてもむずかしい時代になっていますね。もっとも、柳田国男が明治四十年代に、『遠野物語』をたった三百五十部の自費出版で刊行したときですら、ある旧家の名前を伏せ字にしました。本そのものが遠野の人たちに読まれないように配慮した、ともいわれています。

さて、『会津物語』の紹介をさせていただきます。なぜ、不思議な話を集めようと考えたのか。『遠野物語』の研究だけは、若いころからやって来ました。『遠野物語』というテクストが、いま、わたしたちにとってどういう意味をもつのか。それをひたすら考えてきたのです。その『遠野物語』がとても異様な作品だということに気づいたのは、最近のことかもしれません。ことに、柳田が事実譚であることにこだわったのは、なぜか。それを問い直してみたくなりました。そして、柳田が百年前に岩手県の遠野で、佐々木喜善を仲立ちにして、それと意識することなく取り組んだ試みを、いま、この時代に会津で意識的にやれないだろうか、と考えるようになったのです。

思いがけぬ縁があって、会津にかかわるようになってから、二十年ほどの歳月が過ぎました。フィールドワークなどというにはなんとも貧しく、折りに触れて村々を訪ねて、ささやかな聞き書きをつれづれに重ねてきただけのことです。それでも、わずかな歩く・見る・聞くの積み重ねではあれ、会津という土地についての漠然としたイメージは生まれてきます。ここには古い歴史や文化・民俗が重層的に堆積しています。そこに暮らしている人たちのなかには、伝承や祭り・習俗、そして民具のようなモノがとても豊かに残っています。生きた語り部たちがたくさんいます。それと同時に、会津は近世の文書資料が、たとえば『会津農書』や『会津風土記・風俗帳』、『新編会津風土記』など、まとまったかたちで数多く残っている土地でもあるのです。たんなる直感ですが、そんな会津であるからこそ、もうひとつの『遠野物語』が可能であったし、いまも可能であるかもしれない、と考えたのです。

じつは、『遠野物語』はその成立の前史として、会津との深い関わりを隠し持っています。『遠野物語』は明治四十三（一九一〇）年に刊行されましたが、その百七十年足らずの昔、寛保二（一七四二）年に編纂され伝わってきた『老媼茶話』という会津の奇譚集があります。

柳田は『遠野物語』を刊行する七年前に、『近世奇談全集』という本を田山花袋といっしょに校訂し、編纂しているのです。そのなかに、この『老媼茶話』が含まれています。つまり、柳田は『老媼茶話』をだれよりも熟読していたはずなのです。『遠野物語』を編むときに、おそらく、この『老媼茶話』を頭に置きながら、『遠野物語』をまとめたのではないか、と想像しています。奇談というのは、変わった珍しい物語ということですね。会津での聞き書きのなかで出会う奇談、つまり不思議なお話というものは、いかなる意味合いを持っているのか。『遠野物語』から百年あまりが過ぎた、この時代に、それを問いかけてみたいと考えたのです。そうして、会津の不思議な話を探してみよう、を合い言葉にして、会津学研究会のメンバーたちは村々を訪ね歩いていたのです。

『遠野物語』と『老媼茶話』の比較は、研究テーマとしてはなかなか興味深いものです。たとえば、『遠野物語』の第三話などは、「山々の奥には山人住めり」と始まる、よく知られた話だと思います。佐々木嘉兵衛という狩人が若いころに体験した、まさに事実譚です。嘉兵衛さんが山奥に入ったとき、はるかな岩のうえに美しい女の人が一人いて、長い黒髪をくしけずっているのを見つけます。顔色がとても白かったのです。嘉兵衛さんは不敵な男だったので、ただちに銃を差し向けて打ち放します。女は倒れました。その黒髪を切り取って、家路に着きます。途中で、嘉兵衛さんが居眠りしているあいだに、丈(たけ)の高い男が現われて、懐に入れていた女の黒髪は取り返されてしまいます。最後は、「山男なるべしと云へり」と結ばれています。

この『遠野物語』第三話の読み方は、『老媼茶話』を知ってから大きく変わりました。『遠野物語』から数えれば、その百七十年ほど前に編纂された『老媼茶話』という奇譚集のなかに、「沼沢の怪」と題された話が収められています（『近世奇談集成［一］』、国書刊行会、一九九二）。奥会津の金山町に沼沢湖という小さな沼がありますが、そこで起こった怪異譚なのです。

正徳三年の五月に、金山谷(かなやまだに)三右衛門という猟師が、この沼に鴨打ちに出かけました。向こう岸に、二十歳くらいの女が、腰より下を水に浸かりながらカネ（鉄漿(おはぐろ)）をつけています。その髪の長さは二丈もありました。「いかさま不思議なものよ」と思い、鉄砲を狙いすまして撃つと、女は胸板を打ち抜かれて倒れ、沼に沈んでゆきました。たちまち雷が鳴りわたり、天地は真っ暗になります。三右衛門は急いで家に逃げ帰りますが、大雷・大風・大雨が三日三夜のあいだ止(や)まず、金山谷は真っ暗になった、という事態になります。ただし、三右衛門の身の上にはなにも起こらなかった、と語り収められています。

柳田は『遠野物語』刊行の七年ほど前に『老媼茶話』を、その編集作業を通じて読みこんでいたと思われます。後年の著作のなかにも、『老媼茶話』からの引用がしばしば見られるのです。明治四十一（一九〇八）年の秋に、柳田がはじめて佐々木喜善から聞き取りをしたとき、訥々とした語りが始まって間もなく、佐々木嘉兵衛という狩人が山奥で女を見つけ、銃で撃ち倒した話がいきなり語られたのです。柳田は語り部の喜善を思わず凝視して、身震いしたのではなかったか。むろん、たんなる想像にすぎませんが、柳田の驚きは手に取るようにわかります。

後段の展開はあきらかに異なっています。『老媼茶話』では、三日三晩にわたって雷雨や大風が吹き荒れ、谷全体が真っ暗な闇に閉ざされています。天変地異が惹き起こされたのです。それにたいして、『遠野物語』では、男が「後の験」にしようと切り取った女の黒髪を、山男に取り返される話になっています。これをどのように解釈したらいいのか。おそらく『老媼茶話』の「沼沢の怪」では、まだその女性が沼の女神であったという面影があって、それを殺したわけですから、神殺しがおこなわれたことになりますね。だから、神話の面影もまだ残っていて、神殺しのあとには、三日三晩真っ暗になり、世界は原初の闇に閉ざされねばならなかったわけです。『遠野物語』からは、もはやそういう神話の面影はまったく失われていて、山の神ならぬ山男が登場してきました。それにしても、どちらも美しい女性が現われて、黒髪をくしけずっていたり、カネをつけていたりする。化粧する女のイメージですね。『遠野物語』でも古風な物語の面影をとどめています。

柳田は『遠野物語』を編むとき、自分が七年前に編纂した会津の物語集、『老媼茶話』を意識しなかったとは思えません。『遠野物語』にはきっと、『老媼茶話』の影が射しているのです。ふたつのテクストの「序文」の比較からも、それはたんなる妄想ではないと感じています。そんなわけで、『遠野物語』の百七十年前に『老媼茶話』があり、『遠野物語』の百年後に『会津物語』が可能ならば作ってみたい、と考えたのです。

狐に馬鹿にされた、という

採集者の一人である渡辺紀子さんは、金山町の出身ですが、そもそも民話の聞き取りなどまったくはじめての体験でした。「たとえば狐に化かされたとか、実際にだれかが体験した不思議な話を知りませんか」と、訪ねていって真っすぐに問いかけるのです。それで散々断わられたようです。最初のころは、ほかのメンバーもみな苦労していました。「不思議な話なんてないよ」と断わられたわけです。ところが、とにかく集まってきた原稿を整理して、なんとか連載が始まりました。それからは、新聞の切り抜きを持参して聞き取りをするわけですが、状況はがらっと変わっていきました。この本のなかには、狐にだまされたとか、化かされた話が四十から五十ほど収められています。会津の人たちは狐に化かされてきたんだ、と妙な確信を持ちましたね。

すこしでも多くの人に読んでもらいたいと思って、会津の方言を抑えました。会話の部分にだけ残すという編集方針を立てました。いまは失敗だったかもしれないと、いくらか後悔もしています。会津方言をもっと残すべきだったと、編集者として申し訳ない気持ちがあるのです。ただ、方言には世代や生育歴などによって見えにくい差異があり、ひと筋縄ではいきません。なかには東京弁の語り手も混じっています。そもそも共通の語りの文体といったものが、自明にどこかに存在するわけではないのです。

連載が終わってから、じっくり時間をかけて整理して、単行本に編み直しました。いろいろなことが、本になってみると見えてきます。きわだって豊饒な語り部の姿というのはありませんでした。つまり佐々木喜善のように、昔話だけでなく、神話とか伝説とか、さらに世間話とか、村に堆積しているあらゆる物語を身体に蓄えているような、いわば特権的な語り部の姿は見えなかった、ということです。もはや、わたしたちは口頭伝承の時代に生きているわけでもなく、語り部が育つ土壌はないのかもしれません。

それから、この本のなかには、村の内なる宗教者たちがときおり姿を現わします。祈祷師や占い師、法印さまと呼ばれる山伏、寺の和尚さんや盲目の巫女(みこ)といった人々が見え隠れしています。おそらく現代というのは、そうした村の内なる宗教者たちがほとんど退場してしまった時代なんですね。そのことが村の語りについて考えるときに、なにか大きな意味を秘めているのかもしれません。

たとえば、なにか不思議な体験をした人がいたとき、お寺に駆けこんで話を聞いてもらう。和尚さんはその体験に意味づけをして、なにか解釈らしきものを提示してくれる。そうすると、「ああそうか」と安心するし、その人の個人的な不思議な体験というのがいつしか、村の人たちがみんなで共有する物語や幻想になる。そういう村の共同幻想の管理者のような役割を担う人たちが、かつてはいたと思います。そういう人たちによって管理される物語には、ほとんど出会いませんでした。

『会津物語』を編集した、会津学研究会の遠藤由美子さんは、実家がお寺さんなんですね。それで、お父さんにまつわる見聞が何話かに出てきます。白蛇がとぐろを巻いているところに行って、三十分くらいお経を読んで聞かせて、「お前はこの寺の守り神だから、軽々にこんなところに出てきてはいけない」と説教する話なんか、とてもいいですね。昔の人たちの不思議な体験に向かいあう姿が、そこには凝縮されて表現されていますね。その人たちの役割がどんどん低下していくと、村の語りは行き場がなく浮遊していたのでしょうか。

このなかには、「天狗の空木倒し」と呼ばれる話があります。山中で仕事をしていると、大きな音がする。あれは天狗が木を倒しているんだ、などと説明されるんですが、実際には木が伐り倒された跡はどこにも見当たらない。『遠野物語』にも類話が拾われています。あるいは、「オボ抱け」という、赤子の子守りを頼んでくる女の妖怪のような存在も登場します。キツネの嫁入りを見たという人になると、珍しくもありません。最初のうちは「おれはそんなことは知らん」とそっぽを向いていた人たちが、「じつはおれ、見たことがあるんだ」と嬉しそうに語りはじめるんですね。

いくつか紹介させてください。

第一話は「ヤマンバユウ」という、なんとも奇妙なお話です。山姥をもてなしたという曽祖母オチウの話を、祖母から聞いたというのです。大山祇神社の分社が家の裏手にあって、沢をはさんだ向こう岸に、山姥が棲むヤマンバユウと呼ばれる洞穴があったらしい。山姥は「何かねぇか？　お茶くっちぇくろ」と訪ねてきた。頭のてっぺんにでっかい口がある女の人だった。山姥が来るたびに嫌がることもなくもてなしていたらしい。オラ家(い)にばっかり寄っていたのは、ヤマンバユウから一番近いし寄りやすかったんだべえ、と祖母は言っていたのです。山姥は悪さをするわけでもなく、婆が山姥のことを悪くいうこともありませんでした。それでも、子どもらが言うことをきかないと、ヤマンバユウに連れてゆくぞ、とおどしたりしたのです。

明治の中頃にはいまだ、山姥という昔話や伝説のなかの存在が、まるで現実のなかへとあふれ出すように、いわば現実と物語とが癒着するように接続してしまうといったことが、当たり前に起こっていたのです。とても不思議な肌触りですね。山姥という共同幻想は生きられていたのです。『遠野物語』にとても近い気がしますね。それで、この話を冒頭にもってきました。この採録者は先ほどの渡辺紀子さんです。

この本のなかには、たったひとつだけ性的な話があるんですが、それも渡辺さんの採集になります。「尻の穴に入る蛇」という、なかなかエロティックなお話です。ちょっとだけ読んでみます。

こんなオガア（母親）の教えがあったのです。語り手は大正末年生まれの女性です。「いいが、山で横になって休むときは、けっしておなごは道横切るように寝てはなんねえぞ。そおだふうに寝っと、蛇が尻の穴に入ってきて、大変なことになるんだからな」と教えられていたらしい。

あれから何十年も経った数年前のこと、思いがけずオガアの教えを思い出すことになった。近所の人が、むかし、足のあいだから蛇の胴体が出て切ながっている女の人を見たことがある、という。「蛇がこれ以上入ってしまわねえよう、胴体の途中に縄みたいなのぐるぐる巻いてあった。ああでもしねえと、みんな、なかさ入っちまうだべ。あのあと医者にでも連れていったもんだか。蛇は後ずさりはしねえ生き物だから、いったん入ってしまうとほんにおっかねえ」と。むかしはそんなことがほんとにあったから、オガアは教えてくれてたんだなあと、あらためて思ったものだ。

こういう艶笑譚（えんしょうたん）めいた話は、炉端に当たり前に転がっていた時代があったことでしょう。これはしかし、女性の語り手が女性の採録者にたいして、艶笑譚といったものとしてではなく、むしろ生真面目に「オガアの教え」として思い出しながら語ったものです。この渡辺紀子さんは、とても真っすぐなほんわかした人で、相手を油断させて喋らせてしまう。性的なテーマを語っているものは、これだけだと思いますね。

狐の話をいくつか紹介しようと思います。たとえば、「辰四郎やーい！」という話はこんなものです。子どもの話がいくつかありました。五十話くらい載っています。神隠しに遭った子どもの話がいくつかありました。辰四郎という小学生の男の子の行方がわからなくなって、村中の大人たちが探しまわったらしい。四日目の朝になって、家の軒下の藁を積みかさねたところで、眠っていた辰四郎が発見されるのです。なにひとつ覚えていなかった。ただ、着物や髪の毛にまで赤茶けた毛がいっぱい付いていたので、狐に化かされたのだということになったようです。夜中に聞いた「辰四郎やーい！」という声と、「ジャンガデコジャンガデコ」という鈴や太鼓の音などは、いまでも耳に残っていると語り収められています。

この本を編集しているときに気がついたことなのですが、わたしたちはふつうに「キツネに化かされた」と言いますね。ところが、何人もの人が「キツネに馬鹿にされた」と語っていたのです。「馬鹿にされた」と聞いていても、テープを起こすときには「化かされた」と書いてしまう。「馬鹿にされた」といえば、身の丈が同じような対等の関係ですね。「化かされた」と聞くと、やはり超自然的な大きな存在、妖怪とか神とかといった存在が浮かびます。狐は自分とたいして変わらない身の丈で、「化かされた」というより、「馬鹿にされた」という方が実感に近い、そんな微妙な感覚でしょうか。

たとえば「ザッコ汁を狙う」では、夜に雑魚汁を持って歩くと、狐が寄ってきて食べてしまう。昭和十一年生まれの語り手は、こんなふうに語り収めています。「また、キツネに馬鹿にされた話は、じあかず（時を空けずにくり返し）聞いたが、村の人たちが大勢いるところで語るものではない。体験者が家でぼそっと家族に語ったものが、いつか村中に伝わるもんだ」というのです。とてもたいせつな証言のような気がしますね。狐にだまされたことを自慢する人はいないのです。馬鹿にされちまったと、あきらかに傷ついているのです。だから、家族にもすぐには喋りません。

狐に馬鹿にされた話。これは家族のなかでひっそり語られるもので、村の人たちが大勢いるところで、大きな声で語るものではないのです。いわば、きわめて私的な体験なんですね。あるとき、ぼそっと家族に語ってしまうのです。それがいつしか村のなかに広まっている。そういうものなんですね。狐は身欠きニシンが大好きで、これを取られたという話がよく出てきます。「キツネの証文」なんて話もありますね。狐に不動の金縛りの術をかけたら動けなくなってしまって、二度としないから許してくれ、と証文を書いたとか。狐が憑くと体が重くなって、離れると軽くなるという。寒い日に池に入っていい湯だ、なんてだまされた人がいる。近頃では、電気屋さんが狐に馬鹿にされたって話もある。ある人は、オレは「キツネに馬鹿にしらっちぇらんにぇ」って気持ちでいるから、馬鹿にされたことはない、という。やはり狐に化かされた男が、恥ずかしいから家族だけに語った話が洩れて、村中の話になってしまった。けっして自慢話ではないのです。

とはいえ、「いくら悪さされても、キツネとサルはけっして獲っちゃなんねえ、と言われた。祟りがあるからな。家に災い事があるそうだ」といったタブーらしきものはありました。しかし、祟りがあったという話は聞きません。なにか料理とか食べ物を取られてしまったとか、夜通し狐に化かされて山道を歩かされたとか。そのことを男は何年も話さなかったが、気がゆるんだころに知人に語って、それが村中に広まったのです。

「素顔を見せるな」という話があります。名主さまから、「おめぇ、キツネになにか悪さしなかったか」と訊ねられたので、橋のうえで大声で脅かした話をした。すると、名主さまは「そのとき、キツネに顔見せたな。いいか、もし見られたと思ったら、口をひん曲げたりほっぺたふくらませたりして、メチャクチャに崩した顔を見せろ。けっして素顔は見せるもんでねぇ。かならず仕返しされっから気をつけろ」と教えられたのです。母からは、「キツネもやさしくすれば悪いことはしねぇ」と教えられたともいいます。

それから、「後ろが気味悪（わり）ぃとき」という話、これも五十嵐七重さんが語り手ですね。お父さんが十五歳のころに、沼沢湖で弟と二人してエビ捕りをしたときに、狐に化かされたことがありました。お父さんは七重さんにこう語り聞かせたのです。

父からは、「いいか、後ろが気味悪ぃときは動物だ。前が気味悪ぃときは人間だ。おめぇはおなごだから、前が気味悪ぃと思ったときは気ぃつけろ。後ろが気味悪ぃときは、逃げられっとこまで来たら「ワッ！」って、ずない（大きな）声出せ。昼間だったら、けっして素顔を見せんな。顔覚えで、キツネはかならず仕返しすっかんな」と教えられた。

これはとても気になっています。後ろが気味悪いときは、狐とか妖怪とか、人間ではないなにかだということです。前が気味悪いときは人間だ、という。女子であれば男が隠れているかもしれない、ということですね。お父さんは娘にたいして、お前は女だから、前が気味悪いときは気をつけるように、と教えたのです。

とりあえず、後ろはリアルな危険ではなさそうですね。この後ろがとても気になります。後ろの百太郎という妖怪がいますすね。「後ろの正面だーれ」というのは、目隠しして後ろにいる子どもがだれか当てる遊びです。後ろは絶対に見ることができません。後ろを振り返ったら、後ろが前になり、前が後ろになります。鏡に映してもそれは後ろではありません。見えない後ろに、人間ではない超自然的な存在の影が感じられるのです。後ろのフォークロアにはそそられます。

ただ、いわゆる妖怪はほとんど出てきませんでした。「カシャ猫」には、死体を食らう妖怪は出てきますが、ほかには目立つかたちでは出てこないんですね。それにたいして、狐に馬鹿にされたという話はたくさん出てきます。ところが、実際には狐を目撃していないようです。狐の姿を見ているわけではなくて、どうやら気配を感じているのです。

見えない境界があるらしい。村はずれとか里山に入る山口あたりに、見えない境界がひっそりと隠されています。その見えない境界を越えて、自然の懐にほんのすこしでも足を踏み入れてしまったとき、なにか気配のようなものを感じる。そして、これ以上踏み込んではいけないという、自然の側からの警告に出会う。なにかわからないが、胸がざわざわして落ち着かない。そういう異様な感触があって、後ずさりして遠ざかろうとする。そして、あ、これは狐かもしれない、と思う。そういう語りがほとんどだったような気がします。狐という動物、どこか妖異な感触を拭うことができない存在。どうやら、ほとんどは気配なのです。なぜ、狐には化かされるのでなく、馬鹿にされるのか。気になりますね。

超自然の妖怪側に属している狐が人間を化かすのではなくて、たいして人と背丈が変わらない狐だからこそ、馬鹿にされたというのです。身近な獣であり、その祟りは怖れられていて、素顔を見せるなとくりかえし言われるけれども、狐に化かされて命をとられたとか、心を病んでおかしくなったとか、といった深刻な事態とはならないのです。

民話的想像力によって、布を織る

不思議な体験というのは、家族やその周辺に留まって拡散していかないらしい。だから、村の語りとなっていないものが多いのです。自分が狐に馬鹿にされたことを、けっして語らなかった人たちがたくさんいて、たまたま新聞に載っている記事を見て、許しを得たかのように語りはじめたのです。たしかに狐に馬鹿にされて、冷たい水に浸かっていい湯だなんて、まさか冗談のような話ですね。でも、酔っていたにしても、実際に体験した人たちがいるわけです。それを語ることはとても恥ずかしいことです。ぽつりと家族に話す。結婚式のお土産がなくなっているわけだから、言いわけしなくてはいけません。それは悪酔いしたおれのせいじゃない、狐のせいだ、と頑張る。みんな笑いながら納得する。しばらくは家族のうちに伏せられていても、やがて洩れてしまう。そうして、いくつかは村のだれもが知る話になってゆくわけです。村の語りの誕生です。

ところが、わたしたちが集めた話のほとんどは、村の語りになっていませんでした。つまり家の語りに留まっていたのです。だから、圧倒的な豊かな語り部というものは、ここには存在していません。もう一人の佐々木喜善が、どうやら不在なのです。村の公私にまたがる語り部が、この時代には存在できないのかもしれません。

そもそも性や差別にかかわることは、語ることがむずかしい。柳田国男の時代とは、あきらかに状況が変わっているのです。ただ、すでに触れたことですが、柳田は『遠野物語』を三百五十部の自費出版で刊行しました。そのとき、柳田は遠野の人たちがそれを読むことを怖れたらしいのです。積極的に遠野の人たちに読まれることを望んではいません。たとえば、第五五話の河童の子を孕んだ話などは、エロティックな村の噂話そのものであり、初稿本では旧家の名前がそのまま書きこまれていました。いま読むことができる文庫本では、初版で「○○○○○」と伏せ字になっていた箇所が、勝手に「何の某」のように変えられています。伏せ字はその背後に、なにか秘密が隠されていることを暗示していますが、「何の何某」には秘密が感じられません。

はじめに、かつて大蔵村で聞いた「河童を見た話」に触れました。わたしはついに、その語り部の女性をふたたび訪ねることはしなかったのです。亡くなられたとずいぶん前に聞いています。なぜ、訪ねなかったのか。自分でも理由がよくわからないのです。ただ、無意識になにかを選択していたのだとは思います。わたし自身の問題意識から、当然のように生活史とか生業といったテーマで聞き書きをしていたのです。昔話とか民話に出会ったときには、メモ程度の記録はしていますが、民話の採集を本格的にすることはなかったのです。

大蔵村の語り手の女性は、村内では狐憑きと呼ばれていた、と耳にしたことがあります。真偽は確かめようもありませんが、やはり、どこかエキセントリックな不思議なことを語る人だという評価があったのでしょう。あの日の、いわばカミングアウトが影を落としていたのかもしれない、と思うことがあります。もはや確かめることはできません。いずれであれ、もしかしたら、その人が抱えこんでいたはずの豊かな語りの世界との出会いを、みすみす逃してしまったのかもしれないと、いまにして思います。なぜ、訪ねようとしなかったのか。何度となく、そのかたわらを通り過ぎていたのに。語り部との出会いは、ほんとうに一期一会の出会いなんですね。

じつは何年か前に、山形出身の黒田喜夫という詩人の著作をはじめて読みました。黒田さんの本のなかには、山人の話が出て来るのです。『遠野物語』のなかには、柳田が夢中になって書き留めた山人譚が、いくつも収められています。わたしは若いころに、『山の精神史』でそれについて語っています。しかし、吉本隆明さんの『共同幻想論』の影響もあって、山人など柳田の妄想のようなものだと考えてきたところがあります。

だから、二十年間にわたって、山形をはじめとする東北のあちこちで聞き書きをしてきましたが、一度だって、山人だとか山男や山女だとか、伝承と現実が境界を越えて曖昧に溶けあうような現場には、足を踏み込むことはしませんでした。きっと無意識に避けてきたのです。ところが、黒田さんの本のなかには、昭和の前期、いや戦後になってからも、山人は存在したとあるのです。村を脱出して山に入り、山人として死んでいった男の話が語られていて、呆然とさせられました。

山人にはまったく思いがけぬかたちで、黒田喜夫という詩人を仲立ちにして邂逅することができました。しかし、河童を見たという語り部には、二度と会うことはなかったのです。二十年間にわたる東北の日々に、わたしはきっとなにか大切な可能性をとり逃してきたのではなかったか、といまにして思います。

とりとめもなく、最後は『チェルノブイリの祈り』(岩波現代文庫、二〇一一)という、ノーベル文学賞作家のスベトラーナ・アレクシェービッチの本に触れてみます。震災のあとにくりかえし読んできた、とても大事な本です。そこに、こんな短い聞き書きが収められていました。最後の章、子どもたちからもらった言葉の断章のなかに見かけた、民話的想像力の結晶のような一篇です。

私たちの家にお別れをするとき、おばあちゃんは、お父さんに物置からキビの袋を運びだしてもらって、庭一面にまいた。「神さまの鳥たちに」って。ふるいに卵を集め、中庭にあけた。「うちのネコとイヌに」。サーロも切ってやった。おばあちゃんのぜんぶの袋からタネをふるいおとした。ニンジン、カボチャ、キュウリ、タマネギ、いろんな花のタネ。おばあちゃんは菜園にまいた。「大地で育っておくれ」。そのあと家に向かっておじぎをした。納屋にもおじぎをした。一本一本のリンゴの木のまわりをぐるりとまわって、木におじぎをした。

これは、チェルノブイリの原発事故のあとに避難をしたとき、小さな子どもがおばあちゃんのすることをじっと見ていた、それをのちに語ったものです。おばあちゃんは家じゅうの種を庭に蒔いて、家に、納屋におじぎをして、リンゴの木のまわりを回ってから、木におじぎをしました。ほとんどロシアの、いやウクライナの民話のような世界ですね。チェルノブイリの森のなかにも、そのかたわらの村々にも、たくさんの民話があったのです。チェルノブイリの原発事故が産み落とした、この小さな民話は、かぎりなく豊饒な民衆の世界を抱えこんでいます。その、厳粛にして高貴で美しい表情に打たれます。

もしかしたら、福島でも、このチェルノブイリのおばあちゃんと同じように、庭に種を蒔き、飼っていた牛に餌をやり、納屋や柿の木におじぎをするといった光景が、見られたのかもしれない、そんなことを想像しています。民話的な想像力や、その文体によってしか捕捉できない、見えない現実が、いまも福島の大地のうえには数も知れず転がっているのかもしれません。〈ふくしまの祈り〉を、そして〈ふくしまの苦海浄土〉を、民話的想像力によって一枚の布のように、タピストリーのように織りあげることを、ひそかに思うのです。

『チェルノブイリの祈り』に満ちている声に、くりかえし誘われ、呼び返されてきました。ぼくらにはもうほかの世界はない、このチェルノブイリの大地に定住する悲劇を感じ、世界観ががらりと変わった、いまチェルノブイリとともに生きているのは、〈途方にくれた〉世代なのだ、ぼくたちは途方にくれてしまったのだ――。かれらがいま、さらに深い残酷の底にいて、それでも血まみれで立ちあがり、ただ生き延びるために戦っていることに敬意を表したいと思います。

ふと、わたしは考えるのです。わたしたちはもっと深く絶望し、もっと惨めにひき裂かれながら、途方に暮れたほうがいいのかもしれない、と。

第五夜

遊動と定住のはざまに、生きよ

あるとき、逃げることや裏切ることについて、真っすぐに考えてみたくなったのです。

なぜ、それは恥にまみれているのですか。

逃亡者や裏切り者は、なぜ、厳しく制裁されるのですか。

遊動社会は、逃げる・離れる・去るといった、わたしたちの世界では負のモラルとされるものによってこそ、根底から支えられていたのです。

それを知ったときの解放感を、けっして忘れることはありません。

恐怖の共同性というタブーをほどきたい、と切ないほどに思いました。

そうして遊動と定住という古風かもしれないテーマに、回帰することに決めたのです。

どうせわたしは、山師の、移民の子どもであることから逃れられません。

逃げよ、さらば、生きよ。

心の考古学は可能か

たとえば、わたしたちはなぜ、逃げることを心の深いところで忌避するのか、と問いかけてみます。それが身を守るという生存戦略にとっては、きわめて不自然かつ非合理な選択であることは否定できません。命をめぐる危険水域にまで追いつめられ、それをあきらかに認識していながら、人はなぜ、ときに、なおそこに留まるという選択をするのか。隷従と自己犠牲のはざまに、いったいなにが起こっているのか。その選択の背後には、なにか不可思議な、たとえば人の心にまつわるメカニズムが隠されているのかもしれません。しかし、意外なほどに、それがそれとして問われる場面はすくない気がするのです。

およそ一万年前に、ユーラシアのいたるところで定住革命が始まった、といわれています。人類は遊動を基調とする生活様式から、ある土地に家を建てムラの掟にしたがって暮らす、定住的な生活様式へと移行していったのです。念のために、ここで遊動とは移動・漂泊・彷徨・流離といった、それぞれに情緒的な背景を背負った言葉の群れからひとたび離れて、非定住的な生活様式を包括する言葉として選んでいます。この日本列島においても、ほぼ同じ時期に定住革命が始まり、人々の暮らしや生業の風景は大きな変容を遂げていったようです。思えば、そのとき、「建てる・住まう・考える」というハイデッガー的な主題が人々の精神の前景にあらわれ、やがて世界を覆い尽くしていったのです。むろん、二十一世紀のはじめ、今日にいたるまで、この地球のうえから遊動的な生活スタイルが根絶やしにされたことはありません。いまもそれは、かぎりなくローカルなかたちであれ残存しています。

いわば、定住を無意識の前提として、それを心の主旋律とする世界観が人々を呪縛しているような、そうした世界の片隅にわたしたちは生かされているのです。そこでは、逃げる・去る・離れる、といった心的な防衛機制がマイナスの色合いに染めあげられ、断罪され、心の病いの原因と見なされることでしょう。しかし、定住革命以前の遊動をつねとしていた人類は、離合集散をくりかえしながら、やわらかく社会を維持してゆくために、むしろ逃げる・去る・離れるといった行動原理を、プラスの生存戦略として受け入れていたらしいのです。

ここでは、人類学者の西田正規さんの『人類史のなかの定住革命』(講談社学術文庫、二〇〇七)をたいせつな導きの糸としています。西田さんが提唱された定住革命論はいまも衝撃に満ちています。これについてはあらためて触れることになります。一万年前の定住革命によって、人類の生存環境は「逃げられる社会」から「逃げられない社会」へと転換していきましたが、そのとき、人の心はいかなる変容を強いられたのか。それはまさに、現代においてこそ切実に問われるべきテーマであるのかもしれない、と感じています。

それにしても、定住革命以後の一万年の時間のなかで、人の心はいかなる変容を遂げてきたのか、といった問いは未知の領域に属しています。わたしたちが「日本人の心」といったことを問題にするとき、それはほぼ例外なしに、稲作農耕が広がった弥生以降の二千数百年の時間のなかで語られてきました。そもそも、われわれは縄文人の心を解き明かす考古学(アルケオロジー)が可能だとは、おそらく信じてはいません。だから、いくらか唐突ですが、この国では縄文の図像学的な研究が、いたってマージナルな場所に追いやられてきたのです。それは遺された形象や紋様をもとにして、人の心や精神世界を読み解こうとする研究です。心の考古学そのものが不在なのです。弥生以降の農耕中心の社会であれば、現代にまでなんとか地続きであり、われわれはアルケオロジーに拠らずに心の理解が可能だと感じています。

たとえば、唐木順三の『日本人の心の歴史』といった著書の退屈さは、まさにそれが、弥生以後を自明の前提として語られているからです。そこでは定住と農耕を無意識の尺度として、人の心や情緒が測られ、描きだされます。その「はしがき」の一節には、「日本人の季節への鋭敏な感受性」が指摘されています。日本文化論が定型的に物語りしてきたものですが、唐木はそこに、「合理的分析的に解明してしまへば、はかなく消えてしまふやうな、そこはかとない気分、気持、こころ、感情の中に、日本人の季節美感、日本語でしか示しえない美しく微かな美感がある」といった言葉を、やはり定型的にかぶせています。

それはしかし、「もののあわれ」に抱かれた暗黙の共同体の内側でのみ、その存在が認められる情緒でしかない、とあえて断定しておきます。そうした季節感と結びついた美意識の大方は、わたしたちの暮らしのなかから失われました。さすがに、現代では「もののあわれ」を自明の起点にして、日本人の心の歴史といったものを語ることは、途方もない時代錯誤と感じられることでしょう。ここではただ、それが定住と農耕を無意識の尺度として測量され定位されていることを、言い捨てに指摘しておきます。

だから、心の考古学が必要なのです。いまからおよそ一万年前に、人類は遊動から定住へと大きな生存の戦略を変えました。そのとき、人の心はいかなる変容を遂げたのか、あるいは、遂げなかったのか。遂げたのだとしたら、どういう変容を強いられたのか。テーマはあらかじめ、そこに絞りこまれています。もしかすると、その一万年の定住の時代が、わたしたちの足元ですこしずつ崩れつつあるのかもしれない、という予感があります。一万年続いた定住の時代の黄昏(たそがれ)のなかで、そのはじまりに起こったはずの変容の意味を問いかけることは、わたしたち自身の心のありようを、もっとも深いところから照らしだす仕事にもなることでしょう。

あらたな飢えと村八分の時代に

なぜ、逃げてはいけないのか、という十三歳の少女の問いかけに耳を澄ますことから始めましょう。「逃げ」と題された短い詩のような作品です。作者は宮城県名取市の森田真由さんです。

逃げて怒られるのは
人間ぐらい
ほかの生き物たちは

本能で逃げないと
生きていけないのに
どうして人は
「逃げてはいけない」
なんて答えに
たどりついたのだろう

（『産経新聞』二〇一六年七月二八日）

たくさんの人たちがネットのなかで、この詩を引用してコメントを付けているようです。わたし自身は、この十三歳の少女の言葉が、自分がいま考えようとしているテーマと真っすぐに交叉していることに驚きを覚えました。なぜ、ここから逃げてはいけないのか、そう、少女は根源的な問いを突きつけています。名取市は東日本大震災で津波の被災地になっていますから、そうした背景もあるのかもしれませんが、それは措きましょう。より広やかに、教室や学校といった閉じられた空間のなかで、いわば、逃げられない擬似的なムラ共同体のなかで、もがき苦しんでいる子どもたちの追いつめられた声なのではないか、と想像しています。

それにしても、この少女の問いにたいして、いかなる応答が可能なのでしょうか。かつて子どもたちが、いじめをハブとひそかに呼んでいたことを思いださずにはいられません。ハブ、つまり村八分ということですね。学校という、教室という、逃げられないムラのなかで足掻き苦しむ子どもたちの声のように、わたしには聴こえるのです。

なぜ、ここから逃げてはいけないのですか。

村八分は閉じられたムラ、または逃げられないムラを前提として、はじめて特別に堅固な意味を持つことができます。つまり、人の心を縛る強制力が生まれるのです。一九九〇年代はじめ、遅れてきた野辺歩きにとりかかったわたしは、そこにはすでに、村八分といった強制力を持つ共同体＝ムラが存在しないことに気づかされました。もし、村八分の暴力が発動されようとすれば、イエを棄てムラに背を向けて逃げればいいのです。窮屈な契約や掟に縛られてでも、そこに生存の場を求めざるをえないのは、とりあえず避難すべき外なる世界が見当たらないからです。そして、ムラに留まればかろうじて生存を許され、ささやかな安全と保護を手に入れることができたからです。

この列島からは、村八分のフォークロアは消滅したのでしょうか。閉じられたムラにとって、飢えの強迫と村八分の恐怖は背中合わせであったかもしれません。日本人は一九六〇年代に、飢えから解放されたといわれますが、同様に、深沢七郎の『楢山節考』に描かれたような、村八分や姥棄てのフォークロアからも、解放されたのでしょうか。わたしたちはどうやら、いま、見えにくいかたちで、あらたな貧困や飢えの問題に直面しつつあるのかもしれないという予感は、もはや遠い予感に留まらず、ありふれた現実と化しつつあるように感じられます。あらたな飢えと村八分の時代の訪れに向けて、備えることが求められているのです。奇矯な言葉に聞こえるでしょうか。村八分という古さびた、共同体を維持するためのシステムもまた、姿を変えながら、わたしたちの社会の深部にしっかりと根を降ろし、存在するのではないか。それはムラではなく、都市に、電子空間のなかに転位を遂げています。

空気を読むとか、同調圧力に抗うのがむずかしいとか。電子メディアが深く広く浸透するにつれて、思いがけぬかたちで、相互監視と同調圧力のシステムが網の目のように張り巡らされていることに、わたしたちは気づかされつつあります。たとえば、原発事故の影に覆われ苦しんでいるはずの福島から、人々の生々しい声が聞こえてこないことに、いぶかしさや苛立ちを表明する人がいますね。そこには、風評被害を助長するといった村八分の論理による締めつけがあり、見えない「恐怖の共同性」(吉本隆明)が人の意識を呪縛しているのかもしれません。そうした留保をする必要があるのです。

すでに、あらたな飢えと村八分の時代は始まっています。ただ、わたしたちはいまだ、それを新しい認識の枠組みのなかで、うまく垂直方向に向けて言語化することができずに足掻いているのだと思います。

われらの内なる山人

ここでまた、柳田国男の『遠野物語』に触れてみることにします。そこには、山人（やまびと）という名の怪異な存在がくりかえし登場します。たとえば、『遠野物語』第三話の冒頭には、「山々の奥には山人住めり」と見えることには触れています。この明治四十三（一九一〇）年に刊行された物語集の舞台となった遠野では、山奥には山人と呼ばれる人たちが棲んでいて、ときどき里に下りてきては娘たちをさらってゆくと怖れられていました。そして、山人は里の女たちに子どもを産ませ、ときにはその子どもを喰らうといった恐怖に満ちた物語、つまり山人譚が語られてきたのです。

これについて、吉本隆明さんは『共同幻想論』のなかで、恐怖の共同性という視点から論じています。人はムラを離れては生きていけない、ムラの外には悲惨な境遇が待ち受けている、という。山人譚とは、そうした恐怖の共同性に覆われた場としてのムラが紡ぎ出した伝承である、と吉本さんは明快に語ったのです。わたしは幾度となく、この恐怖の共同性という言葉に躓いてきました。なにか、うまく言語化できない、しかし、たしかに違和感があるのです。その違和感はいったい、どこからやって来るのか。吉本さんの視点は、そもそも共同体の内／外のどこにあるのか。おそらく、その視点は共同体の内部にあり、そこに定住することを自明と見なす場所から、共同体または共同性を眺めています。共同体から離脱しようとする人々にたいして、吉本さんはひたすら恐怖の共同性という禁忌の網を投げかけ、呪縛し、そうした共同体の外部への憧憬そのものを否定しているように感じられます。吉本さんはいわば、内部からの眼差しによって捕捉される外部にしか関心がなかったのではないか、とわたしは考えています。

だから、柳田が山のうえなどの高所への崇拝、あるいは、畏怖や憧れといったものを解釈の底に沈めて山人譚を語ることにたいして、とても厳しい批判が投げかけられました。それはあくまで、地上的な異族や異郷への畏怖や憧憬であった、というわけです。しかし、わたしのように東北をフィールドとして、とりわけ山あいの村々を歩いてきた民俗学者の端くれからすると、高所崇拝、つまり山への信仰は、東北の人々の精神世界を理解するための鍵となるものです。飢饉のときには、山に逃げこんで生き延びるための知恵や技を、幼いころから祖父に教えこまれた、そんなことを遠野の知の先達から聞かされたことがありました。山はときに駆け入るべきアジールであり、畏怖すべき異界だったのです。

最近になって、わたしは山形出身の黒田喜夫という詩人が『共同幻想論』にたいして、同時代的に、捨て身で真っ向からの批判をおこなっていたことに気づきました。うかつなことに、わたしはこのたいせつな詩人と出会いそこねてきたのです。ようやく遅い邂逅を果たしました。たとえば、『彼岸と主体』という評論集のなかで、黒田さんは吉本さんについて、「〈山人〉を産みだし自ら見るひとびとにとっての地上に在ることの重さを知らないか、あるいはそれに共感できないのかも知れない」と批判していたのです。この「地上に在ることの重さ」ゆえに、垂直方向に向けて、山人という幻想を産みださずにはいられない人々への共感が、稀薄だということです。いわば、逃げることを選ばずにはいられぬ人々への想像力が、吉本さんには欠けていると批判しているのです。

黒田さんはまた、こう述べています。山人とは「彼を縛る禁制・共同幻想の表象」であると同時に、「そのなかで転換し〈異界〉へ投企し脱けだそうとするところの、自己解放の陰画(ネガ)たる現存在的表れ」となる、と。すなわち、山人とは、共同性の内へと縛る禁制であると同時に、いや、それ以上に、異界への脱出としての自己解放、その陰画的な表象でもあると、黒田さんはいうのです。そうした視点が吉本さんにはたしかに欠落しています。実際にも、戦前のムラには山人になることをみずから選んだ人がいたらしい。小学校や中学校もほとんど行かないで、いつの間にか里から脱出して山で暮らすようになった、現代の山人がいたというのです。

かれらは山に隠れるというよりも、ムラの生活から「山に脱落、脱出し、常時そこを彷徨し寝起きする山の生活者」であり、村人とのいっさいの交わりを絶ち、言葉も交わさず、食生活なども窺い知れない「山の孤独な生活者」になってしまった、という。結果として、かれらは兵役や徴用などの国家の強制まで逃れて生きつづけ、孤独に死んでいった、そう、黒田さんみずからの目撃譚として語られたのです。あるいは、日常の「外なる境域である〈山〉に山人がいるという幻想」を、みずから生きてしまう者がいた、といってもいい。比喩的には、あらゆるムラや町にかならず「一人のなつかしい狂人・白痴」がいたように、多くの山深い里にはまた、かならず「一人の〈山人〉」となる者がいたのだ、ともいえるでしょうか。

『遠野物語』の舞台と時にのみならず、昭和初年代の資本制近代の底にも〈山人〉はいたし、いま一九七〇年代に入った時の、大都市の底に住む私にもなお〈山人〉はいて、その奇体な恐怖と渇望の想いからの表象、いわば負性の心性におけるバリケードを意味し表すものであるそれのことを、われわれにあって、このようにやみがたく考えざるを得ないのだ、と思える。

（『彼岸と主体』）

山という異界へのやみがたい憧憬ゆえに、山人になろうとする人々はたしかに存在したのです。そうした山人は、村を離れ大都市の底に暮らすわたしのなかにも棲んでいる、という。黒田喜夫という詩人はまさに、われらの内なる山人について語ったのです。

東北で聞き書きをするなかで、こんな話を聞いたことがあります。懐かしい狂人や白痴でもなく、山人でもないが、たとえばムラに旅芸人の一座がやって来たとき、それがむやみに面白くて旅芸人の一座にくっ付いてムラを出奔してしまう人がいたらしい。よく似た話で、東京の下町などでは、きまって落語家を目指す若者が出てくるといった話を、どこかで読んだことがあります。あるいは、フーテンの寅さんですね。なぜ、フーテンの寅さんのような人物が下町の共同体からは生まれるのか。

これらはすべて繋がっている、とわたしは考えています。山人というのは、いわば日本人にとっては、もっとも幻想や思い入れが託されやすい異界としての山に繋がるものです。黒田さんはそれが、けっして『遠野物語』の時代の専有物ではないことを強調したのです。山人は昭和になってからも、いや戦後の一九七〇年代においてすら、いたるところに存在するのだ、と。山形を去って東京に暮らしていた詩人には、大都市に住む自分のなかにも山人はいて、その奇怪な恐怖と渇望のなかに生まれてくる負の心性を、ある種のバリケードにしている、という自覚があったのです。山という異界へのやみがたい畏怖と憧憬ゆえに、山へと脱出し山人になろうとする人々がいたし、ムラを棄てた都市生活者のなかにも、山人は棲みついている。それこそが、かれらの内なる山人として表象されていたわけです。

フーテンの寅次郎はなぜ愛されるのか。そんな問いを投げかけてみると、隠されているものが浮き彫りになります。共同体による呪縛を逃れ、そこから脱出して、外なる世界を遊動することにたいして、わたしたちのなかにはある種の畏れに満ちた憧憬が存在するのではないか。だから、わたしたちのなかにもフーテンの寅次郎は、あるいは山人は、きっと棲んでいるのです。

定住革命のはじまりに

「なぜ逃げてはいけないのですか」という十三歳の少女の悲鳴のような声、そして、「われらのなかにも山人はいる」という詩人の声をかたわらに置きながら、ここで先ほど触れた、一万年前に起こった遊動から定住への転換とはなんだったのか、ということを考えてみたいと思います。

人類学者の西田正規さんが、その転換を定住革命と名づけています。日本で定住の跡がはっきり確認されているのは、鹿児島県の霧島市にある九五〇〇年前の上野原（うえのはら）遺跡です。年代測定の精度が上がり、最近では、この遺跡は一万七〇〇〜一万四〇〇〇年前のものといわれていますから、日本列島における定住の歴史は一万年を超えることになりますね。鹿児島湾に面した丘のうえに位置していて、くりかえし桜島の噴火によって壊滅的な打撃をこうむりながら、人々が戻ってきてムラを立て直してきたことが確認されている遺跡です。

その上野原遺跡について、わたしはいろいろなことを思い巡らしてきました。およそ一万年前に、人類はユーラシア大陸のあちこちで遊動から定住へと移行していった、という。

日本列島でも、同時代に定住革命が起こり、人々はしだいに遊動生活を棄てて定住へと向かったのです。つまり、この列島の新石器時代としての縄文時代というのは、かつてイメージされていたものとは異なり、定住生活を基本としながら狩猟・採集・漁労を組み合わせた複合的な生業を営んでいたということです。確認しておきたいのは、この日本列島で定住という生活スタイルが始まったのは弥生時代ではない、つまり稲作農耕のはじまりとともに遊動から定住へと移行したわけではない、ということです。これはとても大事なことだと思います。なぜならば、わたしたちはどこかで日本人の心のあり方や精神史といったものを語るときに、弥生以降の二千数百年の時間性のなかでしか考えられない、そういう性癖を持っていると感じるからです。

西田さんは『人類史のなかの定住革命』の前書きで、こんなことを語っています。あるとき、人類の社会は「逃げる社会」から「逃げない社会」へ、あるいは「逃げられる社会」から「逃げられない社会」へと生き方の基本戦略を大きく変えた。この変化を「定住革命」と呼んでおく。およそ一万年前に、ヨーロッパや西アジア、日本列島において、人類史における最初の「逃げない社会」が生まれたのだ、と。ここでは、逃げるという言葉がキーワードになっています。とても示唆的なキーワードだと思います。

逃げる社会から逃げない社会へ、逃げられる社会から逃げられない社会へと、人類は定住革命とともに大きな戦略的転換を遂げたのです。それ以降の、一万年の定住中心の生活史のなかで、わたしたちはそれと意識することもなく、逃げられない社会のなかに身を置いて、逃げないことを生存のモラルとして選び取らされてきました。そして、逃げることへの軽蔑や嫌悪というものをモラルの核として、いまも生かされています。子どもたちは学校や教室という閉じられた場に囲いこまれて、「逃げてはいけない」と思い、そこに留まり、ときにはみずからの死を選んだりします。大学の講義のなかで、わたしがほとんど唐突に、「逃げてもいいんだよ」と呟くように言うと、学生たちはどう受けとめればいいのかわからず、途方に暮れたようにわたしを見つめてきますね。わたしたちの社会は逃げてはいけないという、見えないモラルに縛られているのです。そして、わたしはいま、この逃げられない社会の一万年におよぶ歴史が、黄昏のときを迎えようとしているのではないか、と感じています。

逃げられる社会／逃げられない社会という対比は、とても重要な考える手がかりとなりそうな予感があります。遊動的な社会というのは、基本的に離合集散型の社会だったといわれています。つまり、群れの成員たちがくっ付いたり離れたりをくりかえしている社会だということです。ですから、遊動する群れの基本的な生存のモラルは、逃げることを核にしていました。直接的な衝突や争いを避ける、あるいは関係をほどいて離散する、それがモラルだったのです。

震災のあと、絆という言葉がどれだけ東北の人々を呪縛したことか。すでに触れています。端的にいって、あれはまさしく東北人の心を去勢する言葉でしたね。その場を逃げる、去る、接触を避ける、関わりをほどく。それを、恐怖の共同性が禁制に仕立てあげるのです。そうした言葉が負性にまみれることがない、それが遊動的な社会のモラルであったかと思います。

それが定住的な社会に移っていくと、どのような生存をめぐる戦略的な転換が起こったのでしょうか。定住社会の人々は遊動をつねとする人々、すなわちノマドにたいして、憧れと怖れ、羨望と蔑視といったひき裂かれた態度をもっていました。わたしたちはフーテンの寅次郎をとても愛しているけれども、同時に、かれが「住所不定無職」のいかがわしい困った存在であると感じています。住所不定にして無職というのは、犯罪者が負わされる定型的な符丁であり、マイナスのカードですね。

わたしは民俗学者という仕事柄もあって、日本全国あちこちを移動していることが多いわけですが、思いがけないところで、現代のノマドたちに遭遇することがあります。たとえば、もう十数年も前のことになりますが、沖縄本島のはるか沖合に浮かぶ小さな島を訪ねたときに、リヤカーに生活道具一式を乗せて引っ張って歩いているひげの若者に出会いました。暖かい気候ですから、かれは海岸の砂浜に小さなテントを張って眠るのでしょう。そうして転々と島のあちこちを移動しながら暮らしているのです。あるいは、福島県の奥会津の山中で学生たちと焼畑を復活させるプロジェクトをやっていたときに、生活道具をすべて載せた軽トラックが、かたわらを過ぎてゆくのに遭遇したことがあります。運転席には、顔がひげに埋もれた中年らしい男が乗っていました。生活物資をどこかで調達しながら、山奥の水のきれいなところでテント暮らしをしているのだろうと想像しました。

震災のあと、三陸の被災地では、すくなからず遊動的な生活スタイルを選んでいる若者たちに、しばしば出会いました。たとえば、三十代なかばの女性は気象庁に勤めていたらしいのですが、なにを思い立ったのか、キャンピングカーに改造したトラックで被災地にやって来て、ボランティアをやりながら暮らしていました。それらはどれも見えない風景でしょうが、現代のノマドと呼んでいい生活スタイルは、すこしずつ広がってきている気がします。

定住革命以後のわずか一万年のあいだに、人類は農業革命／産業革命／情報革命といった大きな転換期をくぐり抜けてきました。農耕や牧畜の出現、道具の複雑化、技術の高度化、人口の急激な増加、社会的な分業・階層化、町や都市の発生など、あきらかに一連の歴史的な現象が惹き起こされました。人類史にとって、ノマドの運命に大きな影を落とすことになる王権や国家の誕生などは、定住革命以後のもっとも巨大な裂け目をなすできごとであったかと思います。

それらの起点としての定住革命は、いかにして起こったのか。なぜ、人類は遊動を捨てて定住を選んだのか。ここではまず、無意識のうちに定住を遊動にたいして優位に置こうとする思いこみを、カッコに括らねばならないでしょう。人類の遊動から定住へと転換するプロセスは、きわめて革命的なできごとであったのです。定住生活はむしろ、遊動の維持が破綻した結果として出現したのだ、と西田さんは強調されています。

遊動生活にも数千万年の伝統があることを考えねばならない。その間に、人類以前の祖先からホモ・サピエンスまでの進化がおこり、遊動生活を前提にして発達した肉体的・心理的能力、あるいは社会や技術、経済システムがあったわけである。

そうであるなら、遊動生活から定住生活への移行は、人類の肉体的・心理的能力や社会、技術、経済システムのすべてを定住生活にあわせて再編成しなければならない革命的出来事であろうと予想しなければならない。そういったことの全体を問うことによってこそ定住生活以後の人類史を見る視点も定められようというものである。

遊動という生活スタイルには、「数千万年の伝統」があることを考慮しなければならない、と西田さんは言われるのです。むしろ、たった一万年の定住の時代こそが、人類史においては例外的な状態であったということです。人類以前の、サルやオランウータンやゴリラといった動物たちから考えれば、数百万年、数千万年の遊動の伝統があるはずです。それら人類に近しい動物から、ホモ・サピエンスへと進化して以降の人類史のなかには、遊動生活を前提にして発達した肉体的・心理的な能力があり、社会・経済的なシステムがあったわけです。遊動から定住へと移行するということは、そうした数百万年、数千万年の伝統をもった人類史のなかの身体や心、社会の組み立て方、技術や経済のシステムなど、すべてを定住生活に合わせて再編しなければならなかったはずです。それがどれほど壮大かつ革命的なできごとであったか、それをリアルに想像することは、思いがけず至難のわざなのかもしれません。

遊動という離合集散のシステム

あらためて遊動とはなにか、と問いかけてみましょう。くりかえしますが、遊動社会とは逃げる社会、または逃げられる社会です。さまざまな民族において、遊動を常態とする狩猟採集民や遊牧民は例外なしに、群れの成員たちが空間的に逃げる・離れる・去るといったことを許容する、まさに離合集散のシステムをもっています。それが群れのなかに生まれる緊張を解消するために、大いに役立っているのです。

遊動にまつわる機能や動機について、西田さんは以下のようにまとめています。

（1）安全性・快適性の維持

a　風雨や洪水、寒冷、酷暑を避けるため。

b　ゴミや排泄物の堆積から逃れるため。

（2）経済的側面

a　食料、水、原材料を得るため。
b　交易をするため。
c　協同狩猟のため。
(3)社会的側面
a　キャンプ成員間の不和の解消。
b　他の集団との緊張から逃れるため。
c　儀礼、行事をおこなうため。
d　情報の交換。
(4)生理的側面
a　肉体的、心理的能力に適度の負荷をかける。
(5)観念的側面
a　死あるいは死体からの逃避。
b　災いからの逃避。

当然ですが、人と人との関係、人と社会との関係、あるいは人と自然との関係といった、さまざまな関係性の紡ぎ方が、ここには影を落としています。遊動の民は安全に、かつ快適に暮らすために、また台風や洪水、ひどい暑さや寒さなどを避けるために、キャンプ地を移動します。あるいは、ひとところに留まればゴミが出て、排泄物が堆積します。遊動する人たちにとって、それを解決することはいたって簡単なことでした。キャンプ地を捨てて、別のより安全で清浄なところに移ればいいのです。ゴミや排泄物はいずれ分解して土に還っていきますから、また何年かして戻って来れば、そこはきれいになっているわけです。

経済的な側面においては、食料や水、また道具の材料をどのように手に入れるのかが問題となります。遊動する人たちは、季節ごとに山では木の実や山菜を採り、川を遡上してくるサケやマスを捕まえ、海辺で海藻や貝を拾います。そうした山野河海の幸が調達しやすくて、水がきれいなところをキャンプ地に選びます。森の生態に通じていますから、道具を作るための材料の獲得はたやすいことです。

よその群れと交易をするときにも、移動することは重要な手段になります。あるいは社会的な側面としては、群れのなかに生まれる成員同士の緊張や不和をどのように解消するか。そのとき、いかなる選択がありえたのか。いやになった人は群れを出ていけばいいし、もっと深刻な対立であれば、群れを二つに分けて、それぞれに仲間を募り別々の生き方を選べばよかった。ほかの集団との緊張や軋轢（あつれき）が生じたときにも、同様です。群れとして強い・弱いということが、そこに留まるか離れるかを決定するのでしょうか。もちろん儀礼や祭りもあったはずですが、場所との関わりは深くはなく、定住社会ほどには複雑なものではなかったことでしょう。

西田さんが挙げている生理的な側面というのは、なかなか面白いですね。ひとつところに留まっていると、生理的にも心理的にものんびりして、弛緩してしまう。だから、移動によって場や風景を変えることで、適度に心理的な負荷をかけることも必要だ、というわけです。定住生活のなかで、なぜ人は旅をするのかと問いかけてみれば、すぐにうなずけるはずです。

あるいは、死や死体からどのように逃れるのか、というテーマが出てきます。人はだれしも病気やケガをしたり、寿命が来たりして、死を迎えます。そうして死体が生まれると、遊動する人々はキャンプのかたわらに穴を掘って埋めたり、樹上に置いて風葬にしたうえで、離れていきます。定住する人たちのように恒久的な墓地を造ることはありません。

ここから、遊動社会の基本的な生存戦略が取りだせるかもしれません。遊動社会は不快なモノ・できごと・状況から逃れ、避難することを、第一義とするのです。ゴミや排泄物の堆積、死または死体、成員間の不和や争い、伝染性の病いや風水害などの災厄からは、ただちに逃避することを選ぶでしょう。不快なもの・汚ないもの・危険なものと真っすぐに対峙せず、問題として先鋭化させることなく、むしろ曖昧に散らす戦略ですね。逃げずに、そこに留まることは逆に、安全を脅かし、事態を悪化させ、群れそのものの存続にとって致命的なダメージをもたらす可能性が高いのです。気の合わない者たちが、毎日顔を突き合わせて、いまにも衝突しそうな緊張状態を続けるよりは、どちらかが群れを離れてゆくほうが、よほど無難な解決手段になります。遊動生活においては、あらゆる環境汚染や災厄は、ただキャンプ地を移動するだけで解消することができます。そして、不和やトラブルはみな、離合集散という仕掛けによって解消へと向かいました。

住まうことと建てること

定住社会の生存戦略はまさしく、そうした遊動社会の陰画そのものでした。ハイデッガーが「建てる・住まう・考える」という、たいへん有名な講演のなかで語っていたのは、定住の哲学のためのスケッチだったのかもしれません。そこには、こんな「シュヴァルツヴァルトの農家」について語られた一節がありました。農家は「二百年前にはまだ、農夫が「住むこと」（という営み）によって建てられていた」という断り書きのうえで、以下のように、一篇の詩として住まうことの意味が提示されていたのです。

この農家をそこに構えたのは、あの切実な力である。その能力が、大地と天空、神的なものと死すべき者を〈ひとつの襞として〉さまざまな物に滲み込ませた。その力強さが、北風から護られた南向きの斜面、泉に近い牧場の間に、この家の位置を定めた。その力強さが、この農家に、広く突き出た柿葺(こけらぶ)きの屋根を与えた。その大屋根が、程よい傾きで雪の重みを担い、深く垂れ下がって、長い冬の夜の嵐から内部の部屋を護っている。この力は、家族が寄りそう食卓の奥に、聖像を安置する片隅を忘れてはいない。部屋の中には、出産の寝台やトーテンバウム——そこでは、棺のことがそう呼ばれる——のための聖なる一隅が設けられる。そのようにして、老いも若きもひとつの屋根の下で年月(としつき)を過ごす刻印が描き出される。ひとつの手仕事が、道具や足場——これもまた、物として——を用いてこの家を建てたが、その手仕事そのものも、そこに住まうことから生み出されたのである。（中村貴志訳・編『ハイデッガーの建築論——建てる・住まう・考える』中央公論美術出版、二〇〇八）

住まうとはなにか、という問いへの応答がなされています。住まうとは、茫漠とした空間からある場所を切り取り、安全な暮らしを営むための家を建てることです。そこには、家族が寄り添い食事をするテーブルがあり、奥まったあたりには、天空なる神にたいして庇護を祈る祭壇が設けられています。出産から葬送へといたる、死すべき存在としての人間の一生の軌跡が、そこかしこに思い出深く刻まれています。手仕事と道具の群れもまた、この家に住まうことから産まれてくるのです。

注釈めいたことはやめておきます。ここにはたしかに、住まうことの原像が「シュヴァルツヴァルトの農家」に託して語られていました。いつか、十数年前であったか、そのシュヴァルツヴァルトの黒いブナの森のなかに建てられた一軒の農家を訪ねたことがあります。ゆるやかな斜面地になかば埋もれて建つ農家の印象は、いまも深く記憶の底に沈澱しています。だから、ハイデッガーの語った住まうことの原像が懐かしく、すこしだけ具体的なイメージをもって思い描くことができる気がするのです。いずれであれ、これは住まうことと建てること、まさに定住の哲学の結晶のようなものです。

どんな群れや共同体にも、不安や葛藤はくりかえし生まれています。定住を選んだ人々は儀式や呪術、祭りといったものをさまざまに織りなして、それらの不安や葛藤を和らげ散らそうとしてきました。しかし、それはきわめて困難な課題でした。たとえば、定住のムラは死体と共存しなければならなくなったのです。死せる者たちの世界と生ける者たちの世界を、どのように空間的に、また観念的に分割することができるか。放っておけば集落のまわりは死体だらけになってしまい、それはやがて腐敗し、伝染性の病いの元になり、危険が振りまかれてしまいます。どこに死者を葬るのか。墓地という問題ですね。そして、そこにはあの世とはなにかという問いにからんで、死生観をめぐる根源的な問いがつきまとうことになります。定住生活にとっての最大の難問かもしれません。いずれにせよ、不快なもの・汚ないもの・危険なものなどをどのように処理するのか、そうした遊動社会があっさりとクリアしていたさまざまな問題を、定住社会はすべて内側に抱えこんでいかなくてはいけないシステムだったのです。

生者と死者の分割について、補足しておきます。

あきらかなのは、死体が恐怖感をもたらすとしても、定住者はそれを置き去りにして逃げることはできなくなったということです。定住の民は避けがたく、死者との緊密な地縁的関係を構築せざるをえないのです。もっとも一般的な形式は、死者が埋葬する墓地をムラの内側か周辺に設けて、死者と生者が棲み分けをして共存することでしょう。遊動社会にも死者を埋葬することは広く見られますが、死者と生者の棲み分けをめざす、定住のムラの共同墓地とは区別されるべきものです。おそらく遊動民は死者を怖れません。丁重に埋葬してから、そこを離れ、やがて忘却するのです。死者が生者のもとに還ってくる、それを迎える祭祀が、盆行事のようなかたちでおこなわれるのは、定住以後のことです。

いずれであれ、定住民は死者のための領域としての墓地を、ムラの周辺に造ります。縄文中期の環状集落であれば、ムラの中心部には広場があり共同墓地が営まれ、生者は死せる先祖の人々との絆を再確認するために、なんらかのマツリをおこなっていたと考えられます。どうやら、いまだ死や死体は穢れとして忌避されていません。死のケガレが過剰に忌まれ、共同墓地が環濠集落から遠く隔てられるようになるのは、弥生時代になってからのことなのです。ケガレの禁忌は、稲作農耕社会の成立とともに生まれたのかもしれません。

妬みや恨みを抱えこんで

　ところで、遊動生活を営む狩猟採集民の社会では、生態環境から社会・文化にいたるまでのシステム全体が、妬みを回避するように機能している、と説明されることがあります。妬みというのは、相手はもっているけれども、自分はもっていないという亀裂を先鋭化させずにはいない、心のあり方です。遊動の民が織りなす社会は、そうした妬みや恨みといったものを曖昧に散らして、廃棄する社会だったことを確認しておきましょう。そもそも、遊動の民は運搬能力以上の物をもつことが許されません。わずかな基本的な道具のほかは、キャンプ移動のときに棄てられ、いわゆる富の蓄積とは無縁なのです。妬みの起源は定住のはじまりと軌を一にするのかもしれません。あの「シュヴァルツヴァルトの農家」もまた、懐中(ふところ)に妬みを抱いていたことでしょう。

　定住社会の出現においては、たんに住まうこと／建てることをめぐって、あらたなデザインや発明が求められただけではなく、遊動がもつ多様な機能に代わる、あらたな集団原理やトラブル解消の手段が必要とされたはずです。たとえば、風水害や寒さ・暑さを避けるためには、避難する代わりに、竪穴(たてあな)住居を快適なものにする工夫や発明が求められたことでしょう。ゴミや排泄物にたいしては、ムラの内部か周辺にゴミ棄て場や便所を設けねばなりません。食料や水、原材料を持続的に獲得するために、集落のまわりには里山的な自然生態環境が作られていました。青森県の三内丸山遺跡などからは、すでに縄文時代のなかばには、里山が生まれていたようです。

あるいは、成員のあいだに生じる不和の解消のために、掟を定め、違反者への制裁をおこない、タブーでたがいを縛り、季節ごとに儀礼や祭りをおこなうことになります。ほかの群れと接触する場面には、テリトリーをめぐる境界争いが起こったかもしれませんが、いまだ縄文時代には戦争という手段は必要とされなかったと、とりあえずいわれています。交易はおこなわれていましたが、どこか共同体と共同体のはざまの地に市(いち)は立ったのでしょうか。死や死体のもたらす畏れに対抗するために、共同墓地が造られました。病いや災いにたいしては、呪術や儀礼がさまざまに繰りだされたことでしょう。

西田さんが指摘されているように、逃げられない社会としての定住のムラは、「ゴミ、排泄物、不和、不安、不快、欠乏、病、寄生虫、退屈」などの悪しきモノから、「妬みや恨み」といった負の感情にいたるまでを、総体としてみずからの世界に抱えこんだシステムなのです。このシステムの生成にとっては、すくなくとも三つの社会・文化的な仕掛けをあらたに創らねばならなかったことでしょう。第一に、群れの内なる不和や葛藤を和らげ、すみやかに解消するための規範や権威。第二に、不安や災いを超自然的な世界に投影し、制御するための儀式や呪術。そして第三に、死者の世界と生者の世界との分割です。この第三の生と死の分割については、すでに触れています。第一と第二の点に関しては多くを語ることはできませんが、いくつかの注釈的な言及はしておきます。

たとえば、定住的なムラこそが、災厄がくりかえし発生する危険で不吉な場所であるという現実は、いかにも耐えがたいものです。だから、ムラはつねに浄化され、安全な場所として囲いこまれていなければならず、そうして不安や災いの原因は、カミや精霊・物の怪などの超自然的な存在に求められることになりました。邪悪な力をムラの内側から排除するために、呪的な儀礼をおこなうとともに、ムラ外れには結界を設けて、邪悪な力の侵入を防がねばならないのです。民俗社会には、ムラの内／外を分かつ境界において、災厄を祀り棄てるための呪術・儀礼・祭祀がさまざまに見いだされます。

たとえば山村では、山仕事で人がケガをしたり死んだりといった事故があったところに、小さな祠(ほこら)が建てられたり、地名によって、ここには近寄るなといった情報が表現されています。あるいは、里から山という異界に入る「山口」のあたりには、きまって山の神様が祀られています。そこでは手を合わせて、無事に山仕事が終えられるようにと祈ります。

民俗学的には、こうしたテーマを取りあげはじめたらきりがありません。フォークロアとしての「七夕」や「雨風祭り」「病送り」などは、ムラのなかに堆積する穢れを外部に排斥するというテーマで一貫しています。盗みにかかわる、こんな習俗がありました。村のなかでは、だれかの畑から大根が何本か盗まれたといった些細なできごとであっても、放置すれば村の秩序が壊れていきますので、だれが盗んだのかを突き止めようとします。そこで、恐ろしいオオカミの神様を三峰神社から勧請（かんじょう）して、屋敷の一番奥まった暗がりに祀り置き、ムラの人たちが順番にお参りに行くといった習俗がありました。盗んだ人は恐怖に怯えて、血反吐（ちへど）を吐いて倒れるといったことが起こるわけです。そうして盗人が露見すると、それ以上は追及しないというかたちで事態を収めるのです。

それでも、盗人が明らかにならない場合には、盗人送りと呼ばれる習俗がおこなわれました。そこでは、盗人の人形を作って、ムラの成員がみんなでその人形に暴力を加えて、最後には村はずれまで運んでいって、そこに乱暴に放置したのです。犯人がそのなかにいたら、ほんとうに身も凍るような恐怖に駆られたことでしょう。盗みの再発を抑制する力はあったはずです。

分裂病親和性と強迫症親和性

ここで、精神科医の中井久夫さんの『分裂病と人類』（東京大学出版会、一九八二年）の助けを借りたいと思います。まだ二十代のころに衝撃をもって読んだ本ですが、あらためて呼び返してみたい誘惑に駆られています。心の考古学が欠落しているがゆえに、そもそも参照すべき先行研究はまったく不足しているのです。中井さんがそこで展開していたのは、いわばの知のデッサンのようなものであり、大きな体系的見取り図が提示されていたわけではありません。そこには遊動／定住の対比は見られず、もっぱら狩猟採集社会／農耕社会という古典的な対比の構図で、手探りに議論が進められていました。

取りあげるのは、その第一章「分裂病と人類――予感、不安、願望思考」です。むろん、いまでは分裂病という病名は統合失調症に置き換えられていますが、ここではそのままに分裂病という名称を使うことにします。分裂病になる可能性は、すべての人類が持っているが、その重い失調形態が分裂病になりやすい「分裂病親和者」がいる、そう、中井さんは述べています。この分裂病親和性とは、「祭りの前＝先取り的な構えの卓越」、あるいは、

「もっとも遠くもっとも杳かな兆候をもっとも強烈に感じ、あたかもその事態が現前するごとく恐怖し憧憬する」ような「兆候空間優位性」によって、とりあえず定義づけられます。こうした兆候空間の認知の優位は、「系統発生的に古型である」が、人類史において「最古の段階である狩猟採集民」のなかで、もっとも長所を発揮できていたのではないか、というのです。

現在の狩猟採集民はすでに、かつての面影を失っていますが、たとえばアフリカ南部のブッシュマンの「兆候＝微分（回路）的能力」は、三日前に通ったカモシカの足跡を乾いた石のうえに認知し、かすかな草の乱れや風の香りから、狩りの獲物の存在を認知するなど、驚くべきものであるらしいのです。狩猟採集民においては、分裂病親和型の兆候性への優位が決定的な力をもつとされます。つまり、兆候的なものに敏感であることが、狩りにおける優位を保証したということです。

かれらは一般的には、貯蔵をしません。かれらの持ち物については、所有の対象というよりも、好みや馴染みが自然に身辺に集めた「周辺存在」である、と中井さんは説明されています。配分に介入する権力構造は存在しません。狩りの分け前は、狩猟者を中心にして貢献度に応じて分配されるのです。民俗知の蔵から補っておけば、古い狩猟のフォークロアにおいては、協働狩猟に参加した者たちには絶対的な平等原則が貫かれ、みなが等しく分配を受けたようです。つまり、貢献度には大きな比重が認められなかったのです。

また、かれらには複雑な宗教体系はなく、簡単なタブーだけが見いだされます。それにしても、最古層の狩猟採集民が「狩るよりもまず他の動物に狩られうる存在」であったという指摘は、とても興味深いものです。兆候認知の能力は、みずからの命を守るためにも不可欠であったことでしょう。そして、獲得すべき獣を、たとえば洞窟壁画に描くことで豊かな幸を招き寄せる、といった「願望思考」が生まれますが、それこそが思考の起源だと指摘されています。そういえば、そうした洞窟壁画の描き手が女性であった可能性が指摘されていますが、女と男の社会的分業についても、再考が求められているようですね。

これにたいして、農耕社会は「強迫症親和性」によって特徴づけられています。いままでも旧石器時代を生きていると称されたニューギニア山地民について、中井さんは以下のように述べています。


整然たるタロ芋畑、そのみごとな畝、それをめぐる水路、水路建設の共同作業、精巧な網袋作製の技術、村境にかかるおどろおどろしい仮面、火の祭儀、そして死者の

一、二人を出して終わるところの村境の「戦いヶ原」における真剣な隣接部族との定期的戦争。整頓、清潔、少なくとも清潔化の儀式、整序された世界の裏側にうごめく魑魅魍魎の世界とそれへの呪術的干渉、そして間歇的な攻撃性の奔騰、権力の支配と秩序――これはまさに強迫症の構造そのままである。「文化にひそむ不快なるもの」（フロイト）は、もっとも早い農耕社会とともにすでに成立したというべきであろう。

こうしたニューギニア山地民についての描写は、日本のあらゆる農耕社会についても当てはまることでしょう。そのすべてが、わたしたちの民俗社会のなんらかのフォークロアと対応関係をもっている、といっても差しつかえがなさそうです。定期的におこなわれる戦争は、より儀礼化された祭りの内なる暴力に置き換えられており、そこでも死者が出ることは稀れではありません。とりわけ、稲作農耕に特化した社会は、この「文化にひそむ不快なるもの」としての強迫性を極限にまで押し広げています。

次のような一節もまた、なかなかそそられるものがあります。

狩猟採集民の時間が強烈に現在中心的・カイロス的（人間的）であるとすれば、農耕民とともに過去から未来へと時間は流れはじめ、クロノス的（物理的）時間が成立した。農耕社会は計量し測定し配分し貯蔵する。とくに貯蔵、このフロイト流にいえば「肛門的」な行為が農耕社会の成立に不可欠なことはいうまでもないが、貯蔵品は過去から未来へと流れるタイプの時間の具体化物である。その維持をはじめ、農耕の諸局面は恒久的な権力装置を前提とする。おそらく神をも必要とするだろう。

この「計量し測定し配分し貯蔵する」農耕社会の登場とともに、時間もまた根底からの変容を遂げたのです。自然の一部のように生きている狩猟採集民の時間が、あくまで現在を中心とする人間的なものであるのにたいして、自然から外化され、自然と対立しながら生きる農耕民は、過去から未来へと流れる物理的な時間を抱いているのです。そこに貯蔵というテーマがからむと、恒久的な権力装置と神が誕生してくるのでしょうか。妬みを制御する文化的な仕掛けをもたずには、「計量し測定し配分し貯蔵する」農耕社会は持続的に存在することが許されません。当然ながら、心のあり様も大きな変容を蒙らざるをえないでしょう。

われわれの社会は強迫的なものを大気のごとく呼吸しており、家庭と学校とを問わず教育なるものはとりわけ強迫性の緊縛衣を上手に着せようとするアプローチに満ちみちている。整列、点呼にはじまり、忘れ物調べと学校の日々は続く。

わたしたちが生きてある現代社会は、この強迫性を指標とするかぎり、いまだに農耕社会的な心の鍛錬＝教育を、それと意識することなく継続しているのかもしれません。この社会は依然として、基底においては十分に農耕民の心に支配されているのだ、といっても同じことです。

さて、ここであらためて、中井久夫さんの展開された議論を、遊動と定住という視座から捉えかえしておきたいと思います。

縄文時代には、すでに定住生活が始まっていました。そして、どうやら、そこでは狩猟・採集・漁労のみならず、なんらかの農耕的ないとなみが始まっていたと想定されています。縄文農耕論にたいして、懐疑的な立場をとる考古学者は多いようですが、農耕のなかでも、突出して強迫的な水田稲作農耕が、まったく栽培や農耕とは無縁な狩猟採集民のなかに伝来し、短期間のうちに受容され広まるなどといったことはありえません。機械化される以前には、百姓は十五歳までに心と身体を百姓仕事に耐えるように鍛えておかねば、ナマクラで使い物にはならなかったと聞いたことがあります。弥生時代に稲作技術が伝わり、数百年で北九州から青森まで伝播した背景には、稲作以前の、焼畑や畑作を含めて、採集から農耕へと連なる山野を耕すいとなみの歴史が沈められているはずです。

だから、縄文の遺跡や遺物のなかに、しばしば見いだされる円環が気にかかるのです。円環をシンボリックな形象また様式として選んでいた社会は、十分に規律的な、それゆえ強迫的なものを抱えこんでいたのではなかったか。弥生以降に、突然のように強迫的な文化が始まったわけではありません。むろん、稲作農耕社会のはじまりとともに、社会文化の強迫の度合いは一気に高まるとはいえ、定住的な縄文社会のなかにもすでに、その萌芽が生まれていたのではないか。そう、わたしはいま、たいした根拠もないままに思考を巡らしています。

強迫的な文化の淵源を、ただちに農耕社会の誕生に重ねあわせることには、留保が求められます。縄文人は定住を基調として、狩猟と採集に加えて、原始的な農耕をもいとなんでいたのです。したがって、縄文社会は狩猟採集／農耕に相またがる社会であり、そこに見いだされる円環というかたちが帯びる強迫性は、けっして偶然の所産ではありません。

ニューギニア山地民の示す強迫的な姿は、あるいは、この列島の縄文人たちの姿に繋がっているのかもしれません。そして、おそらく強迫的な社会は、農耕以前に、あの一万年前の定住革命とともにゆるやかに始まっていたのだと思います。

あらたな逃げられる社会は可能か

遊動と定住という問題を、心という視座から論じることは可能だろうか、と思いを巡らしてきました。それは可能ではないか、という予感めいたものはあります。すでにはじまりの問いとして、わたしたちはなぜ、逃げることにたいしての忌避感をこれほど強くもつのか、と問いかけておきました。それほどにつらい状況ならば、そこから身を離して、よその世界へと逃避すればいいにもかかわらず、それが容易でないのはなぜなのか。わたしはそこに、定住革命以後の一万年の時間が、見えない澱(おり)のように堆積していることを思わずにいられません。

かつて子守り唄について調べていたとき、こんな子守り唄に出会いました。

はだけられてん世間は広い
広い世間に出て遊ぶ

親からなかば食いぶち減らしに捨てられるようにして、よその家で守り子として働いていた女の子が主人公ですね。守り子の年齢は七、八歳から、十二、三歳でした。この守り子は仲間のなかでいじめられているのでしょうか。はだけられる、という表現がとても生々しいですね。そのとき、呟くように歌うわけです。はだけられ、いじめられたって世間は広いんだ、年季があけたら、もっと広い世間に出て遊んでやるさ、といった願望が託された子守り唄であったかと思います。

広い世間が、たとえば学校や教室という閉じられたムラのような世界の向こう側に、たしかに広がっていることを知っていれば、きっと生き延びることができます。しかし、わたしたちはそれを、きちんと子どもたちに伝えているでしょうか。いじめという名の「全員一致の暴力」にたいして、有効に対処するのはかぎりなく困難なのです。大人だって、じつのところ、帰属する組織や社会のなかに生起する「全員一致の暴力」の前では、翻弄されるばかりで、有効な対抗手段を持ち合わせてはいないのです。だから、ときには「逃げる」という選択肢だって許されていることを、子どもたちにそれとして伝えるべきだと、わたしは考えています。陰湿ないじめという「全員一致の暴力」によって、心と身体を壊されるくらいならば、逃げてもいいのです。そこにはきっと広い世間があるのですから。それがなければ、アジールの穴ぼこを掘りましょう、あちらこちらに。そうして緊急避難的に子どもを守ることは、だれからも非難されないサバイバルの権利だ、とわたしは思います。

妬みや恨み、あるいは不快なもの、危険なもの、穢れたものにどのように向かいあうのか。それはまさに心理学的な問題でもあります。それは無意識というものをどのようにコントロールするのか、という問いに置き換えることができるかもしれません。無意識と遊動性との関わりを問いかけることは可能でしょうか。わたしたちが感じている心のストレスや病いといったものには、どこかで定住革命以後の一万年の歴史のなかで織りあげられてきた、見えない定住規範性が影を落としています。中井久夫さんのいう分裂病親和性は、狩猟採集民、とりわけ定住以前の旧石器の狩人たちにとっては、圧倒的な優位性をもっていたはずです。かすかな兆候を認知する能力に長けていた者こそが、すぐれた狩りの名手となり、群れの成員たちの命を守るリーダーとなりえたことでしょう。それが負の病いに封じこめられてゆくプロセスには、遊動性を危険なものと見なし、無意識の領域に追いやり、囲いこんでゆく精神の力学が働いていたのかもしれません。

定住革命がもたらした、逃げられる社会から逃げられない社会への転換は、人の心にいかなる変容を強いてきたのか。逃げる／逃げられないという二元論に根ざした問いがいま、とてもたいせつなテーマになりつつあると感じています。逃げる・去る・離れるといった心理的な防衛機制が、病いの原因とされてしまうような社会のあり方を、いくらかでもやわらかくほどき、離合集散を当たり前に認めるような方向へと転換してゆく。そうした促しが始まっているのかもしれません。いま、あらたな「逃げられる社会」をどのように構想し、デザインすることができるのかというテーマが、しだいに社会の表層に浮かびあがろうとしています。

あらたな逃げられる社会は可能か、といった問いを立てるときに、なにか物理空間的な外部を創出することが求められているわけではありません。わたしのなかでは、それはたとえば、性をめぐる遊動と定住とでも呼んでみたいような問いへと転換されます。もはや男と女という、ふたつの隔てられた性があるのではなく、性はグラデーションでしか語れないのかもしれないという認識が、わたしの内にはいつしか根付いているのです。性はとうに、正常と異常といった枠組みでは語れなくなっています。性をめぐって、正常な人と異常な人が存在するのではなく、その間にはさまざまな濃淡があって、異常や病いといったものは、グラデーションでしか認識することができない時代になっている、ということです。

イギリスの文化人類学者のエドモンド・リーチのタブー理論は、すぐれた思考の所産だと、いまも考えています。たしかに、世界はA／非Aの無数の網の目として構成されており、その重なりあう両義的な部分にタブー（または聖なるもの）が生まれてくるという考え方は、依然として魅力的なものです。それはしかし、西洋的なロゴスの思考のもとで浮き彫りになるタブーの実相です。

もはや性における逸脱性といったテーマそのものが、古色蒼然としています。男／女という二元分割が厳然と人々を縛ることができるのは、人がだれしも性的な定住民として、みずからを男か女かに自明に分類しているからです。男のなかにも女がいて、女のなかにも男がいる。つまり、アニマ／アニムスという考え方は、示唆に富んでいます。男とはなにか、女とはなにか、といった問いを定住的に問いかけてはならず、おそらく遊動的な問いへと組み換えてゆく必要があるのです。性をグラデーションとして眺めることが当たり前になれば、男と女をめぐる風景はずいぶんと異なったものになることでしょう。そこではきっと、性のノマドこそがありふれた現実となるのです。

あるいは、障がいとはなにか、という問いもまた、大きな変容を遂げてゆくことでしょう。健常者／障がい者といった単純な二元分割は、現実から背かれつつあるような気がしてなりません。たとえば、「盲人」とは誰か、と問いかけてみましょう。盲人と聞くと、まったく視覚的能力を失っているかのように想像しがちですが、視覚における障がいの度合いは、思いがけず多様なもののようです。視覚障がいはグラデーションとしてのみ存在するのです。そもそも、眼鏡による矯正がおこなわれる以前には、視覚障がい者に分類されていたはずの人々が、矯正が可能な範囲であれば、いまでは当然のように健常者に括られています。障がいとはあきらかに、社会文化的なコンテクストのなかでのみ語られるべきものです。

もはや、障がい者は王様でも神様でもありません。差別や排除と引き換えに、いっときだけ神に仕える聖なるものに祀りあげるといった戦略への回帰は、やはり不可能でしょう。それは排除と背中合わせのモックキング（偽王）のようなものです。だから、デュルケームのいう聖なるものが、正負に引き裂かれながら織りなす両義性の弁証法からも、その暴力的なシステムからも、わたしたち自身の意識を解き放たねばならないのです。思えば、無垢なる幼児性といった表象ゆえに、賤視・差別されながら／庇護されるという両義性の暴力を強いられてきた、障がい・欠損・過剰と過小などにまつわる心と身体の領域が、広大に存在しています。それを解体してゆく作業が求められているということです。

くりかえしますが、あらたな逃げられる社会は可能か、という問いが向かうべきなのは、空間的な外部ではありません。いや、つかの間の外部はありえるし、それはそれで必要なのです。広い世間のいたるところに、隙間やあわいにアジールの穴を無数に穿つことは、いつだって求められています。そのうえで、西洋的なロゴスによるくびきを脱して、世界を二元論的に分割する思考をやわらかく壊してゆくことが、戦略的に求められているということです。ロゴス的なものからレンマ的なものへと、舵を切ること、と言い換えることもできるでしょうか。山内得立さんの『ロゴスとレンマ』（岩波書店、一九七四）のかたわらへ。

あとがき

さて、能舞台をお借りしての、思いもよらぬ五夜にわたる独り語りは、ようやく幕引きのときを迎えたようです。むろん、まぼろしの講演会の試みでありました。それでも、災間を生かされてあることを、いくらかでも前向きに覚悟をもって受け入れたいと願いながら、聴衆の見えない昏い舞台に立ち続けてきたのです。

そうでしたね、わたしは第一夜に思わず洩らした、はじまりの問いをすっかり忘れていました。しなやかにして、したたかに、そして、汝の名は。もはや、それはわたし自身が答えるべきものではなさそうです。そもそも、わたしもまた、このはじまりの問いをだれか見知らぬ人から託されただけであったような、そんな気がするのです。

これは、亜紀書房の編集者・西山大悟さんとの出会いなしには、そもそも生まれることがなかった本です。西山さんが幾度か、わたしがずっと以前に国立能楽堂でおこなった講演について語られたことがあり、心に残っていました。もう五、六年も前から、本作りの相談はしてきました。いくつかの震災以後の講演筆記を元にして本を編むこと、それだけは決めていましたが、とりわけコロナ禍に遭遇してからは迷走が始まったのです。震災からコロナ禍へ、という思考の道筋がどうにもたどれず、一度は投げ出しました。

しかし、この夏に突然訪れた、十日間ほどの空白の日々を前にして、いきなりなにかが天から降りてきたように書けそうな気分になったのです。短い時間でしたが、夢中で書き継いでいるうちに、こんな本になりました。初稿についての西山さんの言葉から、まぼろしの講演集として編むことになり、結果的には、能舞台での五日間にわたる夜語りというかたちに落ち着きました。それがうまくいったかは半信半疑です。ただ、このようにしか書けなかった本ではあることは否定しようがありません。

論文集やエッセイ集ではなく、講演集でもなく、あくまで仮想の語り物集として提示してみたかったのです。そのようにしてしか語りえぬことがある、という確信には揺るぎがありません。例によって、蛇行の連なりであり、同じテクストにくりかえし立ち戻りながら、思索を手探りに深めてゆくスタイルを選んでいます。テクストを読むという行為には、そうしてみずからの枠組みが壊れ、殻を破りつつ、未知なる領域に足を踏み入れてゆく、ひそかな快楽がありますね。すでに知っていることを書き記すのではなく、これから知ることを文字に落としてゆく。思えば、それがわたしの物書きとしての流儀なのかもしれません。

西山大悟さんに心からの感謝の思いをお伝えします。そして、いま、この災間の時代を生かされてある、一人でも多くの人々のもとに、このささやかな本が届くことを願っています。

たくさんの友情に感謝しながら。

二〇二二年一一月一三日の夜に

赤坂　憲雄

赤坂 憲雄 Norio Akasaka

一九五三年、東京生まれ。学習院大学教授。専攻は民俗学・日本文化論。『岡本太郎の見た日本』でドゥマゴ文学賞、芸術選奨文部科学大臣賞（評論等部門）受賞。『異人論序説』『排除の現象学』（ちくま学芸文庫）、『境界の発生』『東北学／忘れられた東北』（講談社学術文庫）、『岡本太郎の見た日本』『象徴天皇という物語』（岩波現代文庫）、『武蔵野をよむ』（岩波新書）、『性食考』『ナウシカ考』（岩波書店）、『民俗知は可能か』（春秋社）など著書多数。

災間に生かされて

二〇二三年二月一日　第一版第一刷発行

著者　赤坂憲雄

発行者　株式会社亜紀書房
〒101-0051 東京都千代田区神田神保町1-32
電話（03）5280-0261
https://www.akishobo.com

ブックデザイン　川添英昭

DTP　山口良二

印刷・製本　株式会社トライ
https://www.try-sky.com

ISBN 978-4-7505-1772-8　C0095